Lismaren

Deckare av Jesper Persson

En bok av Författaren Jesper Persson
Copyright 2017-2018 JP
Lektör BeDe

Prolog

Det händer något i den lilla byn, som under många år har haft en Lismare, som styr och ställer. HEN fullständigt trollbinder dessa bybor med en massa lögner som Lismaren vill få dessa äldre bybor att tro på, och att hata den andra personen. Byborna undrar säkert varför den "Hatade" personen inte hör av sig, eller talar emot anklagelserna som nu går runt på byn.

Varför agerar den "Hatade" så?

Eller, hade Lismaren rätt, där den Hatade bara hade stuckit och lämnat allt. Just nu tycker samtliga i det lilla samhället väldigt synd om Lismaren som blivit drabbad av en sådan dålig person.

Frågorna är många, och de i byn vill veta vem de kan lita på. Är det Lismaren, eller den "Hatade" som är pålitlig. Men framför allt, vem är Lismaren!

Tidigare utgivna böcker av
Författaren Jesper Persson

Publicerad 2016-2017
I Skuggan Av Samhället
Memoar

Publicerade 2013-01 - 2013-10
Operation Statligt Misstag del 1
Operation Statligt Misstag del 2
Memoarer
Publicerad 2008
Från Svensson till Kriminell och Vägen tillbaka
Memoar

Motto: Förtroende är bra – Kontroll är bättre

Förklaring

Erik "Hatade"
Den glade faktura gubben (En trevlig gubbe av äldre ka-
raktär)
Plommonet (En trevlig snygg kvinna)
Den paranoida Polisen (Anton)
Fru Watson (Beskyddare från väsen av svart konst)
André från KUT (Kriminalunderrättelsetjänsten)
Per (Försäkringsgubben)
Göte (Vaktmästare)
Tore (Polischef)
Eva (Polisinspektör)
Morsan (Kyrkoherde)
Gunnar (Obducenten)

Ordförklaring

Plit – Kriminalvårdare
Kåk – Fängelse
VB – Verkställande Befäl
Knall – Förflyttning till annat fängelse
Volta – Åker in i fängelse igen

Kapitel 1

Erik hade precis muckat från anstalten, och var nu i sin nya bostad, som han var väldigt glad över. Han gick mest runt i sin bostad, som det var mycket arbete med att fixa fram, när man sitter på kåken. Hans kontaktperson på anstalten insåg att det var mycket jobb med att ordna en bostad till Erik. Nu fanns det ju en bostad, så både kontaktpersonen och Erik var väldigt nöjda över resultatet, även om bostaden var i dåligt skick.

Erik tyckte det vara betydligt tystare än på kåken, att bo i ett eget hus som han gjorde nu.
Möblerna hade inte kommit än, de skulle komma först dagen därpå, så Erik fick sätta sig på den madrass som symboliserade en stol, då inget annat fanns. För övrigt spelade det inte så stor roll att behöva befinna sig i ett omöblerat hus, som han gjorde just nu, det var ju ett hem som han var glad för. Så länge man som person har någonstans att vara på, får man vara glad för det.
Erik började bli trött av alla intryck ute i friheten, det var mycket nya saker som fanns i hans nya liv. Erik tyckte det nya livet verkade jättetrevligt, och ville verkligen lyckas, och även om han visste att det skulle bli väldigt svårt att bli en del av samhället, så ville han göra ett försök.

Erik lade sig ner på madrassen eftersom han var väldigt trött av alla intryck. Han låg och tänkte på hur han skulle vara mot de andra människorna i samhället.

Erik somnade, han var så trött, och när han vaknade nästa morgon, låg han kvar eftersom plitarna alltid sa godmorgon, och godnatt, när de låste cellerna varje dag.

Det var en ganska skön känsla att ligga kvar på madrassen, och veta att där inte kom några plitar som sa godmorgon, eller godnatt.

Erik började dagen med att äta frukost, och borsta sina tänder, som man alltid gör på kåken, han hade ju haft rutiner under alla år på kåken, och de är svåra att bryta.Nu var det dags med nästa fundering, och det var ju vem som skulle öppna dörren. Erik hade inte under många år kunnat öppna sin egen celldörr. Han undrade om han själv skulle öppna dörren. Det var ganska givet att han skulle öppna dörren, om han inte ville sitta inne hela dagen.

Erik funderar på hur konstig han hade blivit, under de år han suttit på kåken. Han undrade verkligen hur han skulle kunna bli en del av samhället.

Eriks morsa skulle ju komma med bohaget under dagen, vilket gjorde att det skulle hända något, det gjorde det aldrig på anstalten Erik hade muckat från. Erik satt bara och titta ut genom fönstret vid frukostbordet, då det kom en medelålders kvinna med sin lilla hund, och förmodligen hennes lilla dotter som kom några meter efter henne. Erik tyckte det var en tystnad han inte känt av på många år, och som han förmodligen inte var van vid, efter det liv han levt de sista åren. Mamman med hund och dotter gick bara förbi, så Erik satt och tittade på närliggande hus, När Erik sitter och tittar ut genom fönstret, kommer hans morsa med bil och släp, och det fanns även 3 andra personer också med i bilen som följt med för att hjälpa till att lyfta av det stora bohaget, som kyrkan hade hämtat hos andra familjer, för att han skulle få ett eget hem med olika möbler och saker.

Alla dessa människor ger mig möjligheter till ett nytt liv, tänkte Erik.Ute var det vinter, och det blev snabbt nertrampad snö som blev riktigt hal att gå på. De flesta gick väldigt försiktigt eftersom snön blivit pressad. Det hade blivit is, och ingen ville ju halka. Ganska snart var det fullt inne i huset, och det blev svårt att planera var nästa sak skulle stå. Huset Erik hade var ganska stort, och det blev trångt med alla sakerna som stod mitt på golvet. När alla saker hade burits in i huset, samlades alla som varit behjälpliga i köket. Alla personer som stod runt hans morsa, tyckte det var ett litet trevligt hus som hennes son hade hittat, nu när han skulle börja om igen.

Erik tyckte det var en konstig känsla som nu infann sig under dessa omständigheter. Människor eller så kallade Svensson, som nu befann sig runt Erik skapade en mycket konstig känsla hos honom. Det var så att Erik undrade om hans nya liv skulle vara så i framtiden, med en massa naiva människor, som nu skulle vara en del av hans nya liv. Eriks morsa kom med hans möbler, som var begagnade, och som kyrkan hade hämtat in till Erik, och som hans morsa skulle leverera när han muckade från anstalten, som annars arbetade som kyrkoherde i Svenska kyrkan, så det kändes både bra och tryggt för honom, nu när han var ute i samhället igen. Den gamla vaktmästaren i kyrkan var också med, och hjälpte till med sakerna och möblerna som skulle in i huset som Erik hade.

Alla var glada, men Erik förstod inte för stunden varför dessa människor var så positivt inställda och hade så lätt till skrattet. För Erik kändes det konstigt, och han hade svårt att ta det till sig. Eriks morsa såg lycklig ut, och ville bara att det skulle gå bra för sin son som precis muckat från kåken.

Erik kände ju att det var stora förhoppningar med alla lyckönskningar som han hade fått. För att inte tala om sin morsa, som var helt lyrisk, och kunde lätt svävat över golvet. Den sista möbeln var inne i huset, och ytterdörren kunde stängas, det var 15 minus ute, så hela huset hade blivit kallt, och alla som burit saker var ganska genomfrusna, och tyckte förmodligen det var skönt att gå in i huset och värma sig, och det tyckte även Erik.

När alla personer var inne huset visste inte Erik vad han skulle säga eftersom man har ett helt annat språk på kåken.
Då ryckte Eriks morsa in och bröt tystnaden, och sa några väl valda ord, och där hon verkligen hoppades att det skulle gå bra för hennes son, som nu kommit ut från kåken, som hon formulerade det. Sen avslutade hon sitt tal med att rikta sin blick till Erik, och önskade honom välgång, och att Gud skulle vara med han i hans kommande beslut.
Alla personer som var med höll med henne och önskade än en gång Erik framgång.

Efter Eriks morsa hade avslutat sitt tal, gick alla personer som var med ut till bilen igen. Eriks morsa stannade kvar lite och pratade med sin son, som hon var lite orolig för, men hon inte ville ta det samtalet nu.

Det hade kanske inte varit rätt forum att belysa denna oro, en viktig dag som denna för Erik.

Kapitel 2

Erik stod kvar på farstukvisten för att vinka av sin morsa, som nu åkte tillbaka till kyrkan i sin bil, och det såg ut som att alla vinkade i bilen när hon åkte. Det var ju svårt att se, då bilen var snöbelagd.

Erik stod kvar på sin farstukvist någon minut för att känna kylan bita i ansiktet, då Erik inte hade varit ute i friheten på många år.

Alla tar saker för givet, och frihet är ju en naturlig del i en Svenssons liv. För Erik var ju frihet inte något naturligt.

Känslan Erik hade, **var ju att gå ut på en stor äng barfota och känna alla dofter och att gräset var lite fuktigt under hans fötter.**

Känslan som Erik hade på kåken **var samma som ovan, med undantaget för att han inte hade luktsinnet, och då blir hela situationen helt annorlunda.** Erik visste att en person styrs av sina sinnen, det var något han verkligen hade fått lära sig på kåken. Människor styrs, och agerar på sina känslor, och kriminalvården ville ju verkligen påpeka detta när Erik satt inne på kåken.

Nu frös Erik så han gick in från furukvisten, in i sitt hus och tystnaden gjorde sig påmind igen. Vad skulle Erik göra nu? Skulle framtiden vara såhär?

Erik var en väldigt aktiv person, så det blev ju jobbigt att inte kunna göra något. Faktum var att han inte hade något arbete, eller någon sysselsättning som han kunde sätta klorna i under dagen. Så dagarna blev ju långa och tråkiga. Detta var ju inte en framtid som Erik hade hoppas på vid sin Muck från kåken, han hade ju ett driv som han ville utnyttja till varje pris. Nu fanns inte möjligheterna till detta, så han fick göra det bästa av situationen, som skulle betyda han inte kunde utvecklas som en vanlig Svensson tyvärr, med alla möjligheter som dessa personer hade, med hobby och liknade.

Nu hade det blivit en situation som inte fick uppkomma, som Eriks övervakare hade sagt. Det blev för Erik att visa övervakaren att hennes oro var onödig. Varje veckodag bestod i att Erik åt mat, bäddade sängen och borstade tänderna, så det var inte så stor skillnad mellan kåken, och att bo själv i samhället.
Den stora skillnaden var att Erik kunde gå ut när han ville, det kunde han inte göra på kåken.

Oron som hade uppstått hos Eriks övervakare var ju inte så konstig, hon visste att Erik hade ett mycket mörkt register genom papperna hon hade läst innan hon åtog sig uppdraget. Man kan som intagen, få en lekmannaövervakare, eller en övervakare som finns på frivården. Som tur var, så hade Erik fått en privat övervakare som är lite lindrigare att ha.

Övervakaren visste ju att situationen var dålig, och hon ville att Erik skulle engagera sig, för om Erik skulle få ett spel, eller gå tillbaka till kriminaliteten, låg samhället extremt dåligt till. Erik hade ju varit ute i kylan i nästan 20 år, han var vältränad och livsfarlig, haft en Internationell efterlysning, för att vända upp och ner på ett samhälle som han nu skulle bli en del av, och det hade inte direkt gått så bra än.

Eriks morsa ringde ofta och undrade om han hade det bra, och mådde bra.

-Ja, svarade Erik.

Det blev en massa frågor som bara en morsa kan ställa, och Erik svarade efter bästa förmåga. Eriks morsa hade en mycket orolig röst, fast hon sa inget till sin son, hon berörde inte ens ämnet. Han visste att hon gärna ville veta, även om hon inte frågade.

Samtalet kom till sitt slut, Erik och morsan lade på telefonluren.

Erik var inte direkt van vid att få ha sin mobiltelefon, då den ligger i ett säkerhetsskåp på kåken, i tryggt förvar. Förmodligen hade ju övervakaren sagt att det inte gick så bra att få ut Erik i samhället. Mer kunde ju inte övervakaren säga, eftersom hon hade tystnadsplikt.

Troligen var det därför hon hade en orolig röst när hon talade med Erik i telefonen.

Erik försökte varje dag han gick upp ur sin säng, att få någon rutin på dagen, och det var ganska svårt med de förutsättningarna han hade. Det blev väldigt svårt att lyckas, när situationen var helt hopplös, och med en framtid som var oviss.

Erik kämpade på ändå, fast läget var som det var, för envis var han verkligen, mycket envis!

För varje dag skapade Erik nya rutiner så dagarna skulle gå. Det var inte så lätt att komma in i ett samhälle som har en massa krav, som Erik inte kunde, och som skapade en nivå, och en känsla av att inte kunna komma in i samhället, som en vanlig person skulle göra med de förutsättningarna. Så frågan gjorde Eriks morsa och övervakaren roliga, och som inte visste hur det skulle gå. Erik hade ju övervakning 1 år efter muck, där övervakaren b.la skulle gå med Erik till Arbetsförmedlingen för att skaffa någon sysselsättning under dagarna. Nästkommande dag kom övervakaren och hämtade Erik för att åka till arbetsförmedlingen.

Det var lite spänt att träffa en arbetsförmedlare, han var ju en Svensson, och skulle nu skriva in Erik i rullarna, så han kunde få någon sysselsättning under dagarna. Det var ganska svårt att ta till sig, för Erik skulle kanske få något att göra nu. Övervakaren försökte se allt positivt. Arbetsförmedlaren kom till väntrummet och hämtade in oss till hans kontor. Han var ganska trevlig, tyckte Erik, han hade ju ett vanligt sätt och var artig.

Erik tänkte att det kanske var för att det kom en buse till hans kontor, och att han var lite spänd för detta.

Det var väldigt svårt att hitta något att göra. Erik hade insett att det skulle bli jättesvårt. Arbetsförmedlaren hade många frågor, och Erik hade svårt att svara på alla, och bara det, gjorde Erik på dåligt humör. Det var en massa papper som skulle fyllas i, och Eriks övervakare var vid hans sida hela tiden.

Det märktes att arbetsförmedlaren var nervös, han stammade, och hade svårt att veta hur papperna skulle fyllas i, trots att han har gjort det hundratals gånger under åren. För inledningsvis berättade han att han varit på arbetsförmedlingen i 25 år, så det var ju inte direkt första gången tänkte Erik, men han sa inget, då han var spänd ändå.

Eriks övervakare tog papperna, skrev i dom så det skulle gå snabbare, och arbetsförmedlaren blev genast proffessi onell. När Eriks papper var ifyllda lämnade övervakaren över de till arbetsförmedlaren som tog emot dessa med ett nervöst leende på sina läppar.

Erik tyckte han verkade nervös, eftersom han inte gärna ville släppa sin blick från Erik.

Övervakaren var en mycket cool person, som verkligen ville att Erik skulle få något att göra på dagarna, även om hon visste att det skulle bli svårt.

Nu var Erik inskriven på arbetsförmedlingen, och det vara dags för övervakaren och Erik att gå därifrån. De sa hejdå till arbetsförmedlaren innan de gick därifrån.

Arbetsförmedlaren frågade Erik innan han gick , om det var okej att fylla i en ruta, så Arbetsförmedlingen kunde sätta in något program, och kunde frigöra lön för en eventull arbetsgivare. Erik hade inga problem med detta och godtog det.

Sedan skildes alla parter åt, för nu skulle Erik till Socialen, då det är kommunen som tar över när någon har muckat från kåken.

Kapitel 3

Att bara sitta på Socialen tyckte Erik var riktigt för-
nedrande, och ville bara gå därifrån, men övervakaren var
lika envis som hon var cool.
Socialhandläggaren kom ganska snart och hämtade in
dom till sitt kontor. Socialhandläggaren var ju helt grön,
och kunde knappt något. Hon ställde frågor så Eriks över-
vakare blev irriterad. Socialhandläggaren frågade Erik om
han hade några pengar (?!), då blev Eriks övervakare rik-
tigt irriterad och ifrågasatte denne, som ställde sådana
frågor till en som nyligen kommit från kåken, om de hade
några pengar!
- Klart han inte har några pengar, tro du vi hade gått hit
då? Frågade övervakaren socialhandläggaren!

Eriks Övervakare var lika röd i ansiktet som i sitt hår, för
nu började hon verkligen komma igång. Hennes käkben
verkligen uppoljade.
Erik tänkte, att det var verkligen tryggt med denna över-
vakaren, det känns bra, tänkte Erik.
Nu hade ju denna socialtant en massa frågor som be-
hövdes ställas, som hon förklarade till Eriks övervakare.
Erik var ju inte alls bekväm med att en Svensson ställde
en massa frågor, som i bästa fall skulle ge Erik pengar till
hyran och hygienartiklar.

Eriks övervakare var mindre aktiv under den tid som
soctanten ställde frågorna till Erik. Övervakaren var helt
röd i sitt ansikte, då hon var irriterad på socialhandlägga-
ren som ställde sådana frågor.
Soctanten frågade Erik vad han hade i hyra, och liknande

frågor, så det var ju bara att svara, övervakaren kom med en kommentar då och då.

Det var ju en massa frågor att besvara, hur ska jag kunna svara på dessa, tänkte Erik. Övervakaren såg på Erik att han inte var bekväm med frågorna. Övervakaren frågade om Erik var tvungen att göra mer, eller om han skulle komma in med fler papper för att kunna få ett bidrag.

- Nej, svarade socialhandläggaren, bara Erik skickar in ett kontoutdrag, så skulle det vara allt för att Erik skulle kunna få ett bidrag.

- Ja, då går vi Erik, vi är klara här, och vi ska bara skicka in ett kontoutdrag, så är allt klart. Erik tänkte att den socialtanten var ju riktigt grön, och hade absolut inte någon fingertoppskänsla. Hon gick efter boken för att allt skulle bli rätt.

Erik hann inte mer än ut från socialkontoret, så lättade verkligen Eriks övervakare på alla känslor hon hade för den socialhandläggaren. De var ju inte direkt några värmande ord hon sa. Erik förstod att det fanns myndigheter, och kommuner, som inte direkt var samspelta i hur allt skulle fungera med livet.

Denna tanke behöll Erik för sig själv, och ville inte ta upp det med sin övervakare, för det kändes som myndigheter och kommuner motarbetade varandra genom sitt agerande. Detta var något som stannade hos Erik.

Övervakaren frågade om det kändes okej för Erik att möta myndigheter och kommuner i sitt nya liv!

Erik svarade, att det nya liv som Svensson, var ju något helt nytt för han, och Erik förstod att det skulle bli en svår övergång från det kriminella in i Svensson världen. Eriks övervakare förstod att Erik hade många nya tankar att tänka på, och för att inte tala om alla regler och lagar, som Erik nu måste rätta sig efter. övervakaren förstod att det skulle bli svårt för Erik att hålla sig till alla regler som samhället hade.

Erik och övervakaren diskuterade hela bilresan, och det var ju några mil att åka hem till Erik från Arbetsförmedlingen och socialkontoret.

Erik, var snart hemma igen och såg huset, och han tyckte det kändes bra. Det hade hänt ganska mycket under dagen, så det var skönt att komma hem igen.

Övervakaren släppte bara av Erik, för hon skulle på andra saker under dagen. De vinkade av varandra, och Erik tackade för skjutsen i dag.

Nu var det bara för Erik att gå in i huset igen, även om det kändes tungt att gå in.

Erik tänkte, om det inte var mer aktivt att sitta på kåken, där fanns ju alltid problem att lösa.

Inne i Eriks hus stod alla möbler som morsan och hennes vänner hade lämnat på hela golvet. Det var riktigt rörigt, tyckte Erik, och förstod att han var tvungen att göra något om han inte ville leva i den röran. Det var skönt att kunna göra det, utan att någon plit kunde göra eller säga något.

Han började lyfta, och flytta på några saker, som stod mitt på golvet där Erik skulle gå, och även om det inte alls gav något, så blev saken flyttad till sidan, så det gick att gå fram, och blev lättare att städa.

Dagen gick ganska fort, tyckte Erik, då han varit iväg med sin övervakare hos Arbetsförmedlingen, och på Social kontoret, det var han tacksam för. Han visste att det skulle bli en långsam och tråkig dag under morgondagen.

Man ska inte ta ut något i förskott, tänkte Erik, och fortsatte att flytta på saker. Det var riktigt rörigt i huset, och det var många saker att sätta på plats. Det var väldigt svårt för Erik, då han inte varit ute i samhället på många år, och som nu skulle möblera ett helt hus med alla saker som skulle finnas i ett hem.

Erik undrade hur han skulle lyckas med det, han hade ju varit ute i kylan i 20 år, och saknade totalt erfarenhet av att skapa ett boende. Konstigt, att det finns utbildningar på kåken när man sitter inne. Där var ju en massa utbildningar, nu finns inga alls, nu hade jag behövt en utbildning tänkte Erik. Jaja, tänkte Erik, och fortsatte med att flytta och sätta sakerna på sin plats.

Erik utgick från, att det skulle finnas ett köksbord med stolar, en säng, en tv-soffa och en tv.

Det fick bli grundläggande i möbleringen i Eriks hem.

-Fan, tänkte Erik, att man inte har någon att fråga om hur det ska vara, det kan ju inte vara meningen att man ska behöva gissa, och där ingen bryr sig. Alla bryr sig när någon bryter lagen, men ingen tycks bry sig just nu. Mycket konstigt…

Han fortsatte att ställa sakerna där han trodde de skulle stå, det var en stor osäkerhet som fanns hos Erik, för var han helt ensam med detta, och det var besvärligt tyckte han. Erik hade väldigt svårt att förstå, och han längtade verkligen tillbaka till kåken, det var ju konstigt att tänka så, när han precis muckat.

Erik skulle bevisligen gå igenom en del konstiga känslor.

Det var som om kåken symboliserade en trygghet hos Erik, som verkligen tyckte det var skit med Svensson livet.

Erik var ganska trött, så han borstade sina tänder, och gick till sängs för att sova. På morgonen funderade som sagt Erik på att ringa till sin övervakare, och få något förslag på hur han skulle göra med sakerna.

Han vaknade ganska tidigt på morgonen, och det blev att gå upp och äta frukost, och borsta tänderna. Det var väl allt som skulle hända den dagen. Erik led verkligen av detta tråkiga liv, där absolut inget hände på dagarna, det var ett ovärdigt liv att ta sig igenom. Erik hade ju inget jobb, och ingen hobby. Ganska svårt att ha när man precis muckat. Erik ville bara att klockan skulle gå, så han kunde ringa till sin övervakare under förmiddagen.

Klockan var nu 9.30, och Erik tyckte verkligen det var tid att ringa till övervakaren, så Erik kunde få någon att prata med, och som visste hur det var att komma ut i samhället igen. Även om han inte hade så stora förhoppningar på att det skulle komma någon universallösning så fick han ju tala med en person, som förstod vad han gick igenom på dagarna.

Erik ringde upp sin övervakare, och hörde den första telefonsignalen, och började redan tänka på den första frågan han skulle ställa…Han var helt skadad från kåken, där allt skulle vara klart innan man kom fram. Övervakaren svarade efter några signaler med sitt namn.
- Hej, det är Erik.

- Hej, sa övervakaren! Vad har du på hjärtat?

- Jo, jag har funderat på var jag ska ställa alla möbler och andra saker, sa Erik.

- Ja du Erik, sa övervakaren. Svårt att svara på telefon, jag kommer på fredag, då kan vi fixa det. Jag vill ju gärna hjälpa dig, Erik.

- Jo, så kan vi göra sa Erik, och sen var det samtalet slut, de sa hejdå, och la på luren.

Ja, tänkte Erik, det var ett kort samtal. För Erik var det ett viktigt samtal, som bröt tystnaden. För övervakaren var det ett normalt samtal där det symboliserade rutin samtal, för Erik var det ett mycket viktigt samtal.När de lagt på luren stod Erik kvar med telefonen i handen, på grund av alla tankar han hade.

Övervakaren kommer på fredag, och det var nästan två dagar till dess. Vad skulle Erik göra under den tiden, som var så astråkig, men vad skulle man göra åt det, det vara ju bara att lida pin, se positivt på livet, och göra det bästa av situationen.Erik visste för stunden inte vad han skulle göra, och hade svårt att motivera sig att göra något.Han lade telefonen som han höll krampaktigt i sin hand ifrån sig, och började gå bort till diskhon som det fanns en hel del disk i. På kåken finns det folk som tog hand om disken, men när man muckat får man göra det själv, och det fanns ju en hel del disk att ta sig igenom efter några dagars frihet.

Då får jag väl själv diska, tänkte Erik, som än en gång tyckte att Svensson livet var riktigt tråkigt. Tänk, att jag står här frivilligt och diskar, detta skulle mina gamla vänner se, de hade trott det var fel på mig, som stod och diskade självmant.

När Erik stod och diskade, kände han att han fick ont i ryggen, så det var tydligen muskler som han inte hade använt på många år, och diskhon var riktigt låg, enligt de mått de hade förr. Erik hade r ont i ryggen, han var ju inte alls van vid detta, att stå här och diska. Han tyckte vid närmare funderingar att Svensson livet var mindre roligt, där ska man sköta sig, betala skatt, arbeta så man får till skatten, bråka med sin partner på onsdagen om pengar, handla på torsdagen för att få knulla på fredagen... hm tänkte Erik!

Det kan ju inte vara så tänkte Erik! Hur kan personer leva ett sådant destruktivt liv? Bara tanken hos Erik gjorde han ganska kall, att han skulle bli en del av ett sådant samhälle, fy fan!

Erik kände att diskborsten gick fortare när han tänkte så, nu var ju hel del disk klar, och det var ju skönt, tyckte Erik som inte direkt gillade att diska.

Erik hade efter en halvtimme, diskat den sista saken i diskhon, så detta tråkiga arbete började nå sitt slut, det var både bra, och skönt tyckte Erik.

Nu var det färdigt diskat och Erik var ganska slut, och hade en stor smärta i sin rygg, så länge som han hade stått och diskat.

Kapitel 4

Nu skulle han återigen börja med att placera ut de andra sakerna i bohaget, som hans mamma hade kommit med, det var en stor utmaning för Erik då han inte hade någon erfarenhet av att sätta ut möbler i ett hem. Det hade ju behövs en erfaren kvinna med "FJOLLTALANG" för att se var varje sak skulle stå. Nu fanns det inte någon kvinna, så Erik fick ju sätta ut sakerna efter bästa förmåga, och se om den passade där, eller om den skulle flyttas till annan lämplig plats i hans hem.

Han önskade att det var fredag, då övervakaren skulle se om sakerna stod på rätt plats i hans hem, hon har den erfarenheten som bara kvinnor har. Det var onsdag, och det fanns ju inte någon att fråga om detta. Erik tyckte det var irriterande att inte kunna se var sakerna skulle stå, och det fanns inte någon färg eller nyans att följa, då alla möbler var ett hopplock, som kyrkan hade åkt runt till olika hem för att hämta upp. Det var olika personer som hade gett kyrkan saker som de inte skulle ha själva, och det var ju skitsvårt, tyckte Erik, att få dessa att passa tillsammans. Var det inte fel färg, så passade inte möblerna ihop. Det var inte lätt att få det att se bra ut, men tanken var god, att kyrkan gav möbler till bättre behövande.

Nu hade Erik en ganska svår uppgift att lösa, hur nu denna lösning skulle se ut, eller bli. Ja, det var bara för Erik att sätta ut sakerna, och hoppas att det såg bra ut när övervakaren kom på fredagen, som Erik verkligen längtade till. Att sätta ut saker gjorde att Erik tappade intresset ibland, och fick gå att göra något annat. Han gick från stora rummet, in i sängkammaren för att gå ut på altanen, där fanns en altandörr i sängkammaren, som Erik öppnade. Han gick ut på altanen, och möttes av sågspån som fanns på stora delar av altanen. Det såg ut som det hade stått en säck som gått sönder, och sågspån som runnit ut.

Till vänster på altanen låg det lite bråte som förra ägaren tydligen glömt att ta bort, och som tydligen blivit Eriks ansvar att ta bort nu. Precis som jag inte hade att göra med möblerna, nu var jag tvungen att ta bort det också, tänkte Erik.Han tittade ut i trädgården, som var ganska vildvuxen, och där det verkligen behövdes en stor insats med att klippa gräset, och att klippa träden, så det kunde bli ordning på den röriga trädgården, som såg ut som gud totalt glömt bort den.

Till höger när Erik stod på altanen, som var lite utanför altanen, satt elskåpet, där mätarna var till elen.

När Erik var ute ur fängelset förra gången, var man tvungen att läsa av elmätaren så fort det var en ny ägare som tog över stället.

Nu var man inte längre tvingad att läsa av varken elmätaren eller vattenmätaren, när det blev en ny ägare. Alla avläsningar skedde via fjärravläsning, så berörda företag fick reda på detta, på så sätt. Kanske mer en seriös avläsning, så inte folk lämna fel uppgifter vid övertagande vid nyinflyttning.

Erik valde att gå in i huset igen, för att försöka få det att se ut som ett hem. Erik hade en god egenskap, han var envis som två, och den envisheten hade förmodligen gjort att han orkade att sitta på kåken, och komma därifrån utan att vara helt galen, som samhället gärna kallade kåk-fararna för.Nu var ju Eriks envishet en ganska god egens-kap, och kanske gjorde det, så att det gick lättare med att sätta ett nytt hem. Erik tyckte detta scenarium var jobbigt att lösa för honom, det var bara en massa saker som stod huller och buller på golvet, och som behövde stå på en plats, så dekunde smälta in i hemmet naturligt.Som det var just nu, var det svårt att se. Erik höll en liten lampa i sin hand, som skulle sitta på en vägg. Nu tyckte inte Erik att denna väggen fanns så det blev ett stort problem för honom att lösa. Det började verkligen kännas som en helt omöjlig uppgift med de förutsättningar, då sakerna var från olika hem, så det blev väldigt svårt för Erik att få sakerna att passa ihop på ett bra sätt.

Plötsligt kommer det en bil förbi utanför Eriks hus, och Erik tittar direkt efter en kniv, eller liknade för att kunna försvara sig vid ett eventuellt hot eller liknande som skul-le beröra Erik. Nu var det ju bara en bil som åkte förbi på vägen, men ändå såg Erik till att det blev skarpt läge.

Erik funderade själv på om detta var normalt, för ett sådant agerande skulle ju skrämma skiten av en vanlig Svensson, om en person springer runt med en kniv. Det kändes normalt för Erik att agera så, men funderar samtidigt på hur en normal människa skulle reagerat vid nåt sådant.Var det normalt eller onormalt?

När man sitter på kåken så är ju ett sådant agerande helt normalt. Det blir helt fel när man ska leva normalt, och som en Svensson att göra så, tänkte Erik som nu hade satt sig på en stol.Han satt och stirrade med en inte sägande blick ,och samtidigt kände han hur adrenalinet pumpade mindre ju längre tiden gick från incidenten som hade hänt.

Nu började Erik känna hur pumpen slog saktare. Skönt, tänkte Erik.

Sådant agerande är ju inte accepterat i samhället, och han förstod att han måste ändra sitt sätt och reagera mer normalt. Det var inte något lätt beslut att ta för han.

Han vill ju kunna flyta in i samhället, och där personer accepterar honom som han var.

Erik förstod inte för stunden hur det skulle gå till. Att bara ändra sitt agerande var ju inte lätt, och rutiner som satt i Eriks DNA var inte alls lätta att ändra på.

Erik undrade verkligen hur han skulle göra?!

Han reste sig från den stol han satt på, och påbörjade igen den destruktiva placeringen av möbler och saker som skulle bli hans hem.Klockan började bli mycket på eftermiddagen, och Erik ville titta på Tv. Soffan och Tv:n var ju på plats.

Det var ju inte så många kanaler på Tv:n, där var bara markutbudet på boxen man måste ha, för att få in några kanaler. Erik var ganska trött efter att ha satt upp, och placerat saker.

Det var en ganska tung känsla som Erik hade, och nu hade han ju påbörjat sin resa som Svensson, med allt som detta innebar med rättigheter och skyldigheter. Erik tyckte om sitt nya liv, fast det fanns en massa regler att följa. Han skulle börja med att skapa en helt ny kompiskrets, och bara det, var ju ett heltidsjobb. Erik tyckte om utmaningar, så detta med att skapa en ny vänkrets var ju verkligen en utmaning som Erik gillade. Han satte på tv:n, och lade sig ner på soffan för att titta lite under tiden han låg och tog igen sig, efter en lång dag.

Han väntade på att det skulle bli fredag, så övervakaren kunde komma dit, och de kunde sätta ut de sista sakerna på plats.

Erik förstod att det skulle bli en tråkig dag på torsdagen, och ville helst inte tänka på det. Han undrade vad han skulle göra. Han hade svårt att se det…hmm.
Ja något för jag väl hitta på, så inte dagen blir så lång och tråkig, tänkte Erik.
Erik kände hur hans ögonlock, bara blev tyngre och tyngre att hålla upp. Han tänkte att han skulle gå och borsta sina tänder, men somnade tungt på soffan, och det blev en natt med kläderna på, och utan täcke. Han var så trött efter en lång dag i möbleringens tecken.

Nästkommande dag vaknar Erik med en tråkig huvudvärk, då han legat på soffan. Han hade tydligen legat snett, och hela hans nacke smärtade. Han kände det mer som han var lika stel som ett Fransjägerskåp (Kassaskåp som var av äldre modell). Nu skulle bara Erik ta sig upp från soffan, och ta något smärtstillande för nacken, så han kunde röra sig som en vanlig människa. Han försökte vrida på nacken med den smärta han hade fått när han låg snett i soffan. Det gjorde så ont att Erik utbröt
- AJ SOM HELVETE!
Det gjorde riktigt ont, tyckte han, och det var svårt för han att fokusera på något annat just nu.Det blev två starka Alvedon 665 mg, och lite vatten.
Erik hoppades att det snart skulle kännas lite bättre. Han visste det skulle ta åtminstone en timme till innan dessa tabletter skulle verka. Det var en ganska lång tid, när smärtan var så hög som Erik upplevde den.

Erik försökte lägga sig på sängen medan tabletterna skulle verka, och han tog det väldigt lugnt under denna tid tills smärtan skulle bli mindre.Att bara ligga och stirra i taket var ju inte direk troligt, men Erik inte kunde göra något åt saken just för stunden. Han tittade bara upp i taket, och såg då att det fanns små prickar av svart karaktär, det fanns i hela taket, och Erik undrade såklart vad dessa prickar var. Erik försökte resa sig, men smärtan var för hög ännu, så prickarna fick allt vänta ett tag. Fan, tänkte Erik, ska inte tabletterna börja verka så jag kan göra saker. Men han kunde inte göra det nu.

Hur kan det vara, att stora delar av taket var fullt med prickar av svart karaktär? Var det mögel, undrade Erik. Det är ju inte möjligt att jag fått ett hus med mögel. Eller är det kanske så?! Erik kände ju när han vaknade, att det var väldigt tungt att andas, och det kändes som om något satt på hans bröst, när han vaknade om morgnarna.

Det var ju inte något han tänkte på direkt. Men nu när alla prickarna i taket var ett faktum undrade han klart om det var ren mögel, som var anledningen till att han inte kunde andas så bra., och som även orsakade ett stort tryck på hans bröstkorg varje morgon. Ja, det var ju tankar som Erik hade, och det stannade vid det, för tillfället, för det fanns inte mycket han kunde göra åt det just nu.

Kapitel 5

Tabletterna hade börjat verka, och Erik var mindre stel och det var skönt, det hade ju tagit en del energi av Erik med smärtan, som nu kunde röra sig lite, fast han märkte att tabletterna inte verkat helt.
Erik försökte resa sig ur sängen, som han inte kunde göra innan, när smärtan var så hög, men nu gick det faktiskt lättare, och smärtan var ganska okej, fast bra var det inte än.

När Erik hade rest sig, började han gå runt i huset, och han kunde konstatera att det fanns små svarta prickar i varje fönster, på varje fönsterkarm på nedanvåningen, och lite på väggarna runt fönsterna. Nu började Erik bli lite irriterad på säljaren. Hur fan kunde han sälja ett sådant hus? Nu hade ju Eriks morsa betalt huset så det var ju extra jobbigt om huset skulle visa sig vara sjukt. Vad skulle han säga till henne?
Han börja få väldigt dåliga tankar om den förbannade säljaren, som lurat på Eriks morsa ett eventuellt sjukt hus, hon ville ju bara att Erik skulle få det bra, i sitt hus.

Nu var det inte bara att placera ut de möbler som fanns i hans hcm. Nu skulle han även lägga energi på ett problem som endast Erik visste om för stunden. Faaan, tänkte Erik. Hur i helvete ska jag göra nu, ska jag behöva ljuga för min egen morsa tänkte Erik frustrerad. Nu blev det jobbigt, tänkte han...
Det blev ganska många mörka tankar hos Erik under dagen, och om vad han ville göra med den förbannande

försäljaren, som kanske lurat hans morsa. En sak var ju helt säker, och det var att han inte låg bra till hos Erik.

Hon hade även varit på kåken, för att se till att hennes son hade det bra. Hon kom dit flera gånger när han satt inne, och Erik ville inte göra henne besviken, eller se henne få mer problem att oroa sig för. Det kändes jobbigt att bara tänka på det. Nu var det ju att placera ut de sista möblerna, och det på ett bra ställe, tänkte Erik, fast hans tankar gick till försäljaren, som han verkligen ville tala med i en mörk gränd.

Nu kunde inte Erik göra denna förbannade försäljare något av två anledningar, för det första skulle han åka direkt upp på häktet, och därefter till kåken, och för det andra hade hans morsa blivit väldigt besviken. Orden hans morsa hade sagt vid lämnandet av möblerna hördes i hans huvud, att hon ville "Gud skulle vara med vid Eriks nästa beslut" och Eriks tankar, var inte vad Gud ville veta av.

Det var mycket hämnd i Eriks tankar, och för stunden var det hans morsa som håller han tillbaka, för att inte agera i ärendet. Han ville ju bara förklara vissa saker för denna husförsäljaren, men kunde inte detta just nu, för det skulle kunna bli konsekvenser om något gick fel. Han var tvungen att släppa frågan, och det hat som började ta tag i Erik.

Han fick lust att gå ut i samhället, även om klockan hade blivit sent på kvällen. Det kändes skönt att kunna gå ut själv, och att låsa upp dörren själv. Det bästa var ju att slippa PLITJÄVLARNA, tyckte Erik.

När han väl stod ute på farstukvisten, kände han hur kallt

det blivit. Nästan 20 minus, och han tyckte det vara skit-kallt. Att bara utsätta sig frivilligt, med att gå ut i denna kylan som var nu. Erik påbörjade sin promenad i den lilla byn, med förhoppning att den både skulle vara uppfriskande och lång. Bara efter en kort promenad insåg Erik att kylan hade satt sina spår, och ville efter 10 minuter vända om från promenaden.

Han valde att fortsätta sin promenad för att kunna skingra sina destruktiva tankar, som nu var väldigt aktiva på försäljaren.

Erik funderade på vad han skull säga till sin morsa när hon ringde, frågan var bara när hon skulle ringa honom.

Erik kunde inte komma på något han kunde säga till sin morsa, och situationen blev ganska ohållbar när han tänkte på det. Erik funderade verkligen på var han var. Tankarna hade ju dragit iväg honom, och han hade inte direkt någon lokalkännedom.

Erik försökte att orientera sig i den lilla byn, det fanns inte någon människa ute, så där var inte någon att fråga om vägen hem. Personerna som bodde i den lilla byn var ju inte direkt ute.

Klockan var inte så mycket, men ändå stannade folk tydligen hemma i sina hem.

Erik gick runt i den lilla byn, även om den var totalt folktom och fast det var en lite by så kunde han gå vilse på den lilla orten. När han hade gått ett litet tag, så insåg han att han hade gått runt, och var nu åter igen vid sitt hus. Det var bara några hundra meter, och sen var han hemma igen, samhället var inte stort. Väl hemma igen, hade han gått av sig det största hatet mot försäljaren, och han tyckte det kändes betydligt bättre, även om han tyckte hela situationen sög.

Erik gick in i sitt hus, och såg nu att sakerna han hade ställt ut, såg för jävligt ut. Han stod kvar både med jacka och skor, och undrade verkligen, vem fan som hade gjort detta. Hela situationen såg mer ut som någon hade slängt in en handgranat och möblerat. Rummet såg ut som om Hiroshima och Nagasaki bomben hade varit där. Då är det verkligen fel, tänkte Erik

Han hängde av sig sin jacka, snörade upp sina kängor, och gick in för att försöka rätta till möblerna. Erik insåg att hans okunskap om att kunna designa ett hem, var något för någon annan person.

Det var mycket att göra, och Erik insåg sina begränsningar på detta område. Han bestämde sig för att göra sitt bästa av det, övervakaren kom ju i morgon förmiddag, så det var väl bara att försöka, under tiden.

Erik fick verkligen kämpa så det blev någorlunda i möbleringen, men det var svårt.

Det blev att försöka göra det bästa tills övervakaren kom, det var inget Erik direkt var sugen på.

Ja, det fanns inget annat direkt att göra, så Erik fick hålla på att försöka få ett normalt hem.

Ibland var det ju bara för mycket, han undrade hur det kunde bli så. De gånger han tänkte så, satte han sig i soffan han hade fått av kyrkan. Problemet var bara att resa sig från soffan när han väl satt sig ner, för att få lite energi att kunna fortsätta med det arbete som han verkligen hatade att göra.

Det var ju inte så mycket kvar på dagen och Erik började tittade lite mot sängen. Det var klockan 18.45 som plitarna kom, för att låsa cellen varje dag. Det var ju rutiner

som han haft under många år, och de var svåra att ändra
på, eftersom Erik precis muckat från kåken. Han kände
sig trött tidigt på kvällen, och försökte att få nya tider och
rutiner. Erik hade suttit inne i nästan ett halvt decennium,
så rutinerna satt som i hans DNA. Hur ska man då kunna
ändra sitt beteende utan att det märks av, tänkte han.

Trötthet är ju jobbigt att kämpa emot, fast Erik visste att
den var övergående. Han ville verkligen inte gå och lägga
sig, då det skulle bli jobbigt med nya rutiner, och fast han
kämpade så orkade han inte kämpa längre än till klockan
21.00, då tröttheten var riktigt jobbig. Nu var det bara att
lyda sin kropp och gå och lägga sig efter han borstat sina
tänder.
Han sov nästan hela natten, förutom att han gick upp på
toaletten och pissade vid två tiden. Annars hade Erik fått
en bra nattsömn.

På morgonen vaknade han ganska tidigt, det var ju i dag,
fredag, som övervakaren skulle komma. Klockan var 8 på
morgonen, och Erik gick upp, gjorde iordning frukosten
och satte på kaffet. Han
gick ut för att titta på sitt hus, och vad som behövde reno-
veras under tiden kaffet rann ner.
Det fanns en del att göra och snickra på huset. Även om
inte Erik var någon snickare, trodde han nog han skulle
fixa det.

Erik gick in igen, och såg att kaffet var klart att dricka till
frukosten han skulle äta. Han hällde upp lite kaffe, och
börja äta frukost. Det smakade faktiskt bra, och det var

inte alls stressigt som på kåken, där man endast hade 30 minuter på sig att hämta, och äta sin frukost.

Nu var det ju mycket mer avslappnande, och han kunde ta hela dagen om han ville det. Nu kunde Erik bara njuta av detta lugn.

Kapitel 6

Övervakaren kom precis när Erik satt och åt sin frukost och försökte njuta av stunden. Det var precis som om det inte skulle gå att njuta. Det var en halvtimme Erik hade suttit, när övervakaren kom.

Tiden var ungefär som på kåken, och när övervakaren stod vid sin bil, kom Erik på att han inte borstat sina tänder innan hon kom.

Skit samma, jag ska ju inte hångla med henne, tänkte Erik som reste sig från stolen vid frukostbordet, och gick för att öppna dörren till sin övervakare.

- Hej Erik, kul att se dej!
- Hej, sa Erik, detsamma.

Sen gick hon in i bostaden.

Hon frågade hur Erik hade det och så.

- Jo, det går ganska bra, sa han.
- Kul att få se hur du fått det, sa övervakaren.
- Ja, jag har ju inte fått till det ännu, sa Erik och hoppades på att övervakaren skulle hjälpa till med att placera ut sakerna.
- Ja, sa övervakaren...Erik det finns ju lite att göra med ditt hem.
- Jo, det finns en del, sa Erik förläget.
- Du får visa mig runt i ditt hem, så jag kan få en bättre bild av det, sa övervakaren.
- Ja, det ska jag göra, sa Erik med förhoppning.

När Erik hade visat henne hela hans hem, sa övervakaren att det måste ju komma på sin plats. Eriks övervakare arbetade ju som Diakon i Svenska kyrkan, och hade genom sitt arbete en stor kontakt med många personer, och det visste ju Erik om. Detta hjälper jag dig att göra, sa övervakaren, till Eriks förvåning.

- Jaha, sa Erik. Det hade ju varit väldigt bra om du gjorde det. Tänk att det skulle fixa sig på ett sådant lämpligt sätt, tänkte Erik.

Övervakaren sa att hon kom på lördag förmiddag och satte rätt sakerna, då hon var ledig från sitt ordinarie arbete i kyrkan, där hon bland annat lärde nyanlända det svenska språket.

- Vad bra, sa Erik, som var väldigt glad över att slippa detta destruktiva arbete med att placera ut möblerna.

Samtalet började först när de satte sig ner vid köksbordet. Övervakaren tyckte det var ett trevligt litet hus jag hade. Hon fråga om det hade stått tomt länge, eftersom det luktade instängt när man kom in, sa övervakaren.

- Ja, det har ju stått tomt ett år utan någon har bott här svarade Eriks sin övervakare.

- Ja, det märks ju av doften, sa övervakaren. Det var ju ungefär som morsan och hennes vänner hade sagt när de hade lämnat sakerna.

Erik tänkte, att detta kan ju inte vara någon slump, att två olika människor kunde uttala sig på detta sätt som övervakaren gjorde. Hur kunde det vara?

Erik hade inte direkt känt någon doft, men han kunde ju härleda till det att han hade ett ganska stort tryckt på bröstet när han vaknade varje morgon, men det var en oviktig sak för Erik för stunden. Han tänkte inte så mycket på detta, och det var nog för att han associerade detta med sin morsa. Ja, det var svårt att säga, men troligen var det så. Övervakaren frågade om Erik hade haft någon kontak med sin morsa?

- Nja, lite svarade Erik, undvikande.
- Hur kan det vara Erik? Frågade övervakaren.
- Ja du, det har varit mycket att göra nu när man
flyttat in i ett hus, och möbler som stod i en röra,
svarade Erik med en undvikande blick. Han kände ju
övervakarens blick tittade konstant, och ville fått ett helt
annat svar från Erik.
- Du Erik, sa övervakaren.
Vad är det du grubblar på? Är du orolig för något eller har
det hänt något?
- Nej, nej, sa Erik.
-Vad är det då Erik? Jag märker ju att du tänker på något,
och du sitter och skruvar dej, det märker jag.
Men Erik, svarade fortfarande nej på frågorna. Detta tyck-
te säkert Eriks övervakare var märkligt.

Hon är ju förbannat envis, och verkligen ville få reda på
vad Erik hade i tankarna. Det var ju två kulturer som skul-
le mötas. Erik var van att hålla käften, och övervakaren
var van att diskutera saker och ting. Hon var ju kvinna,
och de älskar att prata, och beröra sina känslor. Något
som var helt nytt för Erik.

Diskutera är inget man gör på kåken, då är det en golning.
Det är ju helt fel att göra det. Övervakaren ville veta var-
för det var så, även om Erik undvek alla frågor. Det blev
ett maktspel, och övervakaren märkte att Erik totalt hade
låst sig. Övervakaren tyckte det var bättre att släppa det
för stunden, då Erik kopplade ihop detta med ett förhör
med en plit, och då går det inte, tänkte Övervakaren. Erik
mjuknade när frågorna avtog, och även om det hade blivit
en låsning hos Erik,

så ville övervakaren diskutera mera under morgondagen, när hon skulle komma dit och sätta saker och möbler i Eriks hem på rätt plats.

Övervakaren frågade Erik om det hade varit något som gjorde han arg eller irriterad, eller om allt bara var bra med alla nya intryck som Erik hade fått, efter mucken från anstalten, som hon sa.

-Det kan ju vara mycket frågor när man inte är van, sa övervakaren.

Erik tyckte det var helt okej ute, fast det nu fanns inslag i livet som verkligen irriterade Erik. Det var ju bara tankar, så det fick stanna hos Erik.

Övervakaren verkade inte köpa Eriks historia fullt ut, och var lite misstänksam på situationen i sin helhet.

Erik såg på hennes min, och hennes blick att det fanns ett stort tvivel på Eriks liv för tillfället, och nu hade övervakaren en misstänksamhet som var hans problem att lösa. Erik visste inte hur han skulle lösa denna situation heller, som nu hade blivit ytterligare ett problem på Eriks lista. Erik hade mycket att lösa, fast övervakaren visste bara om de frågor som inte Erik hade svarat på. Mer visste hon inte om, och det var ganska skönt för Erik att veta, då inte övervakaren kunde ställa frågor om detta ämne, fast Erik var inställd på att hålla sig till sanningen, så var ju detta svårt, med tanke på ämnet som det nu var. Han undrade klart hur han skulle komma undan med detta på lindrigaste, och bästa sättet nu.

Övervakaren började gå runt i Eriks hus, och se var alla sakerna kunde passa in naturligt. Övervakaren sa inte så mycket under rundturen. Erik undrade hur det gick med att mentalt placera ut möblerna, som han hade fått av Kyrkan.

- Jo, det ska nog bli bra, sa övervakaren med en ganska övertygad röst till Erik. Detta svar gav ju mej lite förhoppning om att detta skulle bli bra, när det blev klart, även om Erik hade tappat lusten lite, så var han ju positivt inställt till det hela, fast det varit mycket jobb.

Övervakaren började berätta att det enligt henne, fattades endast två lampor för att få det att se hemtrevligt ut.

- Va? Sa Erik, förvånad.
- Ja, sa övervakaren.
-Det var ju märkligt, sa Erik, här har jag hållit på i två dagar utan att få något resultat (!!??). Hur kan detta vara? Sa Erik.
-Ja du, Erik, kanske en kvinnlig egenskap, sa övervakaren som nu hade börjat skratta… Kvinnlig egenskap,
-Jo, eller hur sa Erik.
Det slutade med att båda två skrattade, och det lättade faktiskt upp stämningen mellan Erik och övervakaren, som nu skulle vara ett stöd för han, i hans nya liv. Övervakaren ville förmodligen vinna Eriks förtroende, och även om det varit svårt just nu, så fanns det inte på hennes karta att ge upp, hon var ju envis, och ville som sagt att det skulle gå bra för Erik.

Övervakaren började återigen placera ut möbler, som Erik hade gjort i två dagar utan något resultat.

Han försökte ju att vara behjälplig sin övervakare med att sätta ut sakerna, som borde vara färdigt. Han kunde se hur hans första hem började forma sig, och Erik förstod vid det ögonblicket att han nu skulle leva och bo där. Han som inte haft ett eget boende på så lång tid, när han levt ute i kylan. Nu började hans första hem efter kåken bli ett faktum. Övervakaren sa, efter en timmes placerande av möblerna, att nu ser det bra ut. Erik hade svårt att förstå detta, när han lagt ner flera dagar på detta elände och bara efter en timme var hans hem klart för att bo i, och det hade hans övervakare fixat.

Han skulle bo och agera som en vanlig Svensson. Erik förstod inte hur detta skulle gå till, eller hur det möjligen skulle fungera. Han kom från kåken för bara några dagar sedan, och nu hade han ett eget hem, och alla krav och regler från samhället att rätta sig efter. Det var en ganska stor utmaning för Erik, som inte hade någon rutin på detta överhuvudtaget, som det nu var.

Skulle Eriks övervakare hjälpa honom, att komma in i samhället, och även hjälpa honom att undvika de mest uppenbara felen som man kunde göra. Eller var hennes plan att Erik själv skulle få göra sina egna fel?!

Kapitel 7

Övervakaren kom in i rummet när Erik stod och funderade på hur allt skulle bli, och sa att hon började hänga upp några lampor, och om Erik hade en hammare att tillgå.

- Nej, det har jag inte, sa Erik.

Övervakaren gick ut till sin bil och började rota i bagaget efter en hammare. Hon kom tillbaka med både hammare och plugg, tydligen hade hon detta med sig för sådana uppdrag. Erik blev imponerad av att hon hade dessa saker med sig, det är inte många personer som skulle haft det, tänkte Erik. Hon började sätta upp lampor direkt när hon kom in i huset igen, och hon var väldigt effektiv, när hon satte igång.

Ibland frågade övervakaren om en lampa passade där hon ville ha den, och oftast satte hon upp det efter eget tycke och smak. Hon var duktig, tyckte Erik, och skulle säga det till henne, men det kändes inte rätt att göra det just då, och sen var övervakaren en Svensson, och de är ju i Eriks värld helt opålitliga. Nu hade hon verkligen visat Erik en helt annan sida, att det gick att lita på henne, även om Erik var lite skeptisk, till att lägga sitt liv i en Svenssons värld.

Erik försökte resonera med sig själv, rent mentalt och inte lita fullt ut på sin övervakare, då han var beredd på eventuella saker som skulle kunna hända. Han hade ju inte byxorna nere vid ett sådant tillfälle.

Övervakaren kom efter en stund till Erik och sa att det blivit både trevligt och mysigt i huset. Erik gick runt och tittade hur hans hem hade blivit, och han var verkligen nöjd med övervakarens talang.

Nu hade Erik ett eget hem, och det var med blandade känslor, Nog för det var trevligt, men även en viss press, som Erik hade på sig.

Han kunde inte kontakta sina gamla vänner, eller någon i hans gamla gäng, så nu var han tvungen att hitta nya vänner, och en helt annan miljö, och det var inget lätt uppdrag, men det var nödvändigt att göra det, om han inte ville trampa i två olika kulturer.

Övervakaren kom efter Erik, och frågade om han var nöjd, vilket han verkligen var. Hon hade gjort ett mycket bra arbete med små medel, fast möblerna var i olika färger.Det var svårt att sätta ihop möblerna, och Erik hade ju försökt i två dagar utan resultat. Övervakaren behövde ju som sagt bara en timme, så var det klart.

Nu skulle ju Erik bara ta det lugnt, tyckte övervakaren, och verkligen njuta av sitt nya hem han inte haft på så många år i kylan.

Erik tyckte det lät som en bra idé, och frågade sin övervakare om hon ville ha en fika och kaffe.

- Ja, det låter bra, Erik.

- Då fixar jag det, sa Erik.

Erik började sätta på lite kaffe, och dukade fram fika under tiden som kaffet rann ner. Det blev pinsamt tyst, och Erik visste inte vad han skulle säga, så han sätter sig ner på köksstolen, och bara sitter tyst. Precis då kommer en bil, och stannar utanför Eriks hus. Det var husförsäljaren som kom. Övervakaren såg inte inte att han kom, men hörde att det kom en bil. Erik däremot, såg vem som kom. Övervakaren såg att Eriks ögon nu var helt svarta, och frågade om det var lugnt?

- Erik? Vad händer? Sa övervakaren.

Övervakaren såg nu att det var husförsäljaren som kom, och förmodligen ville han bara höra om Erik hade kommit till rätta.

Han var inställd på att plocka den förbannade svartfoten, som troligen hade lurat hans morsa, och som gjorde Erik riktigt arg.

Övervakaren visste inte varför Erik reagerade så när det bara var husförsäljaren som kom.

- Erik? Sa övervakaren. varför är du så arg?

Erik var helt paralyserad på husförsäljaren, och hade nu tagit hammaren som övervakaren varit ute i sin bil och hämtat, och gick mot ytterdörren där den profithungriga idioten stod utanför.

Övervakaren slängde sig runt Eriks hals, för att på så sätt kunna få kontroll på Erik, som nu stod med hammaren i högsta hugg, och han ville bara sätta den i huvudet på husförsäljaren, så att blodet sprutade.

Erik var riktigt arg på den personen, som förmodligen hade lurat hans morsa, utan att veta vem som skulle bo där. Husförsäljaren trodde säkert att morsan var en lugn typ, då hon arbetade som kyrkoherde i Svenska kyrkan, och hon hade ju talat om för honom att hennes son skulle bo där, inte att han hade muckat från kåken, och det var ju en kraftig miss för hussäljaren. Nu stod husförsäljaren inför ett olämpligt bemötande, om Erik fick tag i honom, och fick förklara vad som gällde.

Övervakaren ville få Erik att fokusera på henne, och få ögonkontakt med han, men det var väldigt svårt, tyckte övervakaren, som nu gjorde allt för att hålla Erik lugn, och framförallt få kontroll på hans humör.

Det visade sig vara ett mycket tufft arbete som övervakaren tagit på sig. Här var det tydligen inte ett vanligt övervakaruppdrag, där man ska styra in sin klient på bättre tankar, och hålla HEN borta från brott och liknande saker, tänkte övervakaren.

Övervakaren hade det riktigt tufft nu, och husförsäljaren visste inte vad som väntade honom på andra sidan dörren, om han öppnade den.

Han hörde bara ett jäkla liv där inne, och förmodligen blev han så pass nyfiken, så han öppnade upp dörren och påbörjade att gå in i huset.

Husförsäljaren såg bara att det var en hammare på väg mot honom i luften, och att den träffade dörren, sidan om husförsäljaren. Han blev så rädd att han lämnade dörren öppen, och började springa mot sin bil igen, och förmodligen pussade han sina boxershorts av ren rädsla, och man kunde höra hur det skrek i hans bildäck, när han stack från platsen.

Eriks övervakare blev riktigt arg, - Nu får du fan berätta vad detta handlar om?!

- Vad gör du Erik, är du helt galen? Det var ju bara husförsäljaren som kom, och du beter dig så Erik, vad fan hände? Vaaaaa!?

Nu för du allt förklara dej, Erik. Här hänger jag dej runt halsen som en dålig halsduk, och du bara går rakt fram ändå, som jag inte ens var där, och du såg helt galen ut i din blick. Inte konstigt jag reagerar på ditt beteende. Vad hände, sa övervakaren?

- Ja, jag blev irriterad på husförsäljaren, och såg helt enkelt rött, när jag såg honom komma dit.

- Hur kan det vara Erik? Har du verkligen sagt allt till mig? Är det verkligen så att du varit helt ärlig mot mig Erik?

- Ja, jo det har jag varit, men kanske inte sagt allt till dej om husförsäljaren, sa Erik.

- Hur menar du?! Sa övervakaren.

- Alltså, det finns en sak jag inte berättat för dej, och det var för du kanske talar med min morsa, och då kommer hon bli orolig för sin son och sen är det igång. Som det är nu, har jag inte bevis på att det är så, sa Erik.

- Vad är så? Erik.

- Att husförsäljaren sålt ett mögligt hus till min morsa.

-Hur kan det vara så, sa övervakaren.

- Ja, jag har ju inte bevis för det än, men jag såg att det fanns svarta prickar i taket, och runt fönsterna på nedanvåningen, och det känns som det är något som satt på mitt bröst varje morgon när jag vaknade, sa Erik till sin övervakare.

- Vad säger du, Erik? Övervakaren började titta i taket efter de svarta prickarna, och runt fönstorna på nedanvåningen där det fanns många prickar.

Erik hör ganska snart att övervakaren är på krigsstigen, och ville ta dit en mögelhund direkt.

-Hur, kan han sälja ett hus, och veta om, att det är sjukt. Övervakaren svor inte direkt, eftersom hon arbetade som Diakon inom kyrkan.

Erik tänkte för sig själv, att det nu blivit en sak av det, och att hans morsa kommer att bli inblandad.

Hon stod för huset, och hon var ju den juridiska ägaren.

- Fan också, sa Erik högt. Hur ska jag nu lösa detta elände, som ännu hoppades på att det bara skulle vara svarta fläckar, som skulle gå att tvätta bort, och att det var något annat än mögel. Det hade ju varit bra, tänkte Erik.

Nu var det förmodligen en naiv tanke hos Erik, som bara ville hoppas på det bästa. Övervakaren var inte alls så lätt att övertyga om dessa fläckar, som blivit ett viktigt inslag i Eriks nya liv, som han nu hade framför sig.

Vad skulle han nu säga till sin morsa, för det var ju betydligt bättre om hon fick höra det från Erik själv, och inte av övervakaren.

Då kunde ju hans morsa få helt fel signaler, så det var ju inget bra förslag, tyckte Erik, och började direkt fundera på en annan lösning på problemet.

Övervakaren sa, att mögel skulle förklara den doft man kände i huset, och insåg att Erik inte kunde bo kvar där, om det blev bekräftat att det fanns mögel i huset. Övervakaren förstod ju mer varför Erik var så arg på husförsäljaren som sålt ett sådant hus.

-Ja du Erik, jag förstår att du blev arg, men du kan inte bli så arg på människor, de blir ju rädda för ditt agerande. Det borde du förstå, och även om du agerade så på kåken kan du inte göra det ute i samhället, det förstår du Erik? -Jodå, det gör jag, sa Erik till sin övervakare, som nu insåg att det var två kulturer som skulle beblandas med varandra. Det kommer bli svårt att undvika konflikter, tänkte övervakaren, som nu såg i ögonvrån, att Erik tittade på de fläckar som fanns runt fönstorna. Han kan inte släppa detta, tänkte övervakaren.

Erik undrade hur han skulle lösa ett eventuellt negativt besked från firman som kom med mögelhunden, och hur han skulle agera då. Det var bara jobbigt att tänka på det, tyckte Erik, fast han insåg att det inte gick att göra så mycket åt det, kunde han ju bara vänta, och verkligen hoppas att han kunde bo kvar i sin bostad som han hade fått ordning på.

Övervakaren ville att Erik skulle tänka positivt på detta, även om hon visste att det kunde bli ett förödande resultat, om Erik fick flytta från sitt hus, så visste hon att han måste tänka positivt.

Hon ville verkligen inte att Erik skulle få spel igen, som han hade fått på husförsäljaren, och där husförsäljaren fick springa till sin bil. Övervakaren hade absolut inte en plan överhuvudtaget på detta. Hon tänkte bara att hon skulle hålla sin klient lugn, och detta för att alla skulle kunna agera i ärendet, om det skulle visa sig vara mögel som fanns i huset. Detta stannade kvar hos övervakaren, som valde att inte berätta sina innersta tankar för Erik.

Nu var det bara att vänta på firman som skulle komma på måndagen. Övervakaren hade bra kontakter, och hade redan varit i kontakt med chefen för firman. De hade ju varit skolkamrater, och han skulle skicka en konsult redan under måndagen.

Ja, det hade ju blivit väldigt märkligt, kanske med ett mögelsjukt hus som i bästa fall fick saneras och i sämsta fall rivas. Övervakaren sa att hon skulle börja tänka på refrängen och ta sig hemåt. – Jaså, nu var besöket slut för denna gången, sa Erik.

Övervakaren hade ju varit i huset under många timmar, och Erik var egentligen väldigt nöjd, fast han ville ändå trimma upp sin övervakare lite.För så var Erik, han verkligen älskar att sätta personer i gungning hela tiden, och att se deras reaktioner.

Övervakaren tog det på ett bra sätt, och hon förväntade sig inget annat från Erik. Det stod ju i Eriks papper att han var skojfrisk, och även själv tålde skämt, så detta var inte övervakaren orolig för. Hon sa hej då, och gick ut till sin bil för att åka hem.

Kapitel 8

Då var Erik ensam i huset igen, och det var nu som alla tankar och funderingar började poppa upp, och Erik hade väldigt svårt att tänka på lagliga saker, när läget var som det var.

Lördagen började gå mot sitt slut, och Eriks tankar hade det blivit lite mindre av. Även om han var lite irriterad på husförsäljaren, så blev tröttheten hans räddning, så Erik gick in för att borsta sina tänder och tvätta sig.

Erik gick till sängs, han tyckte det hade varit en lång dag, och var inte van vid så mycket aktivitet, för på kåken gör man inte mycket om dagarna, så han tyckte det var skönt att krypa ner i sängen. Erik tänkte, mögelhus eller inte, så är det mitt hem i alla fall. Han hoppades återigen att det inte skulle vara något allvarligt fel med huset.

Han hade många funderingar, men somnade till slut, och vaknar upp till en helt ny dag.

Det var söndag i dag, och han visste inte hur han skulle fylla denna dagen som precis hade börjat. Söndagar är ju för tunga, även om man kommer från kåken.

Erik kunde ju gå ut när han ville, fast tiden på kåken hade satt sina tydliga spår, och han kunde inte tänka på att gå ut själv, det var ju inte tid för promenad ännu! Så varför skulle han gå ut då? Det var ju promenad kl 13.00, så varför tänka på det nu, när klockan bara var 8.30?

Erik var kraftigt institutionsskadad, och insåg först vid lite tankeverksamhet, att han faktiskt kunde gå ut när han kände för det. Jaja, tänkte Erik, och med ett litet skratt visste han att han kunde göra som han ville, när han ville, utan att någon plit skulle vara med. Det var ju en helt ny tanke hos Erik, att han kunde styra sitt eget liv, som under många år hade styrts av kriminalvården. Då är det inte lätt att tänka på ett annat sätt. Erik ville ju verkligen ha kontroll på sitt eget liv, och framför allt ville han styra vad, eller när han skulle göra något. Hans funderingar tog slut när det ringde på hans ytterdörr, och Erik reagerade kraftfullt på detta. Att någon var vid hans hem var riktigt illa. Han funderade på vad han skulle göra nu. Skulle han bli kvar i rummet han var i, och skita i det.

Dörren hade han ju låst när övervakaren hade åkt under gårdagen, så personen, eller personerna kom ju inte in så lätt i huset. Erik tänkte så det knakade på hur han skulle göra.

Att bara låta personen stå där och ringa var ju inte något alternativ. Erik hörde, att någon började att röra sig ute på furukvisten. Han bestämde sig för att öppna dörren i högsta beredskap.

Utanför stod en gammal tant runt 80 år, och Erik såg att tanten, inte var något hot mot honom, fast även om han visste det, så släpptes inte tanten in, hon fick allt stanna kvar på furukvisten.

Tanten, som var gammal, kunde inte Erik låta bli att fråga om hon frös, det var ju väldigt kallt ute.
- Jo, det gör ja lite…

Fan, tänkte Erik, nu måste jag släppa in kärringen som jag inte ens känner, eller vet vad hon heter. Hon var inget hot direkt, men hon kanske var ett steg i en plan för att få mig att koppla av och släppa på garden?!
Ja, eller så var det bara en gammal kärring som ville vara snäll mot en nyinflyttad som precis kommit till byn.Erik ville veta vad hon ville, och ställde direkt frågan om vad hon hade på hjärtat.

Kärringen började med att säga

- Kära barn, jag kommer för att hälsa dej välkommen till
vårt samhälle, och jag företräder kyrkan.
- Är du från kyrkan? Sa Erik.
- Ja, det är jag kära barn.

Erik tänkte direkt att han visste vem som hade skickat
henne. Klart det var hans morsa, vem kunde det annars
vara, tänkte Erik, jag känner ju inte någon i detta samhäl-
le, och det var ju inte övervakaren.

Efter några väl ställda frågor från Erik, visade det sig att
personen kom från kyrkans besökargrupp.
Tydligen tyckte Eriks morsa att hennes son behövde ett
besök från denna gruppen. Hon hade mycket att säga till
om när hon var kyrkoherde i Svenska Kyrkan.
Det var en god tanke från hans morsa, även om
kärringen var totalt gråhårig.
Morsan kunde ju skickat någon med färg på håret, och
inte så gammal, när man suttit så många år på kåken,
tänkte Erik.

Personen var ju nästan dö när hon kom dit, hade Erik varit
mer aggressiv hade hon ju fått hjärtstillestånd.

Tanten verkade vara en trevlig person, men Erik ställde
sig så att hon inte kunde komma in. Han

ville inte att någon okänd skulle komma in i hans hus. Det
var ett litet problem eftersom personen kom från besöks-
gruppen, och då vill man inte stå ute i tamburen.

Erik var bestämd på den punkten, och den lilla tanten
kunde ju inte direkt gå förbi Erik som var ganska stor.
Han svarade på tantens frågor, och försökte vara så trevlig
mot henne som möjligt, och fast hon var en Svensson så
tyckte Erik att man inte skulle vara otrevlig.

Hon verkligen försökte komma på besöket, fast mottagandet var som det var. Erik ville släppa in henne, men gjorde det inte på grund av att han inte var så social än.

Erik och tantens besök började ta slut och tanten skulle gå därifrån. De sa hej då till varandra, och tanten började gå ut på farstukvisten.

Erik vinkade av tanten som hade börjat gå.

Han stängde ytterdörren och gick in i sitt hus igen och bara tog det lugnt. Skönt! Tänkte Erik, inte ett surr av kåksnack, som verkligen tog på energin. Bara att höra allt skitsnack var ju grymt jobbigt.

Nu hade Erik ett eget hem och det var bara skönt, även om hans hem eventuellt var sjukt av mögel.

Nu var klockan runt 14.00, och Erik hörde att det kom en bil, som stannade utanför Eriks hus. Vem fan kan det vara, tänkte Erik?

Erik reste sig från soffan för att gå ut i köket, och se vem som kom på besök. Det var Eriks morsa. Hon hade ju inte sagt att hon skulle komma. Hon hade till och med sin prästkrage kvar, som hon brukade bära efter gudstjänsten.

Jaha, tänkte Erik, Det var ju inte så bra.

Erik såg på morsans gång, att hon var irriterad eller arg för något, och det var ju sannolikt att irritationen var på Erik, då hon inte hade meddelat att hon skulle komma.

Det är inte så ofta som morsan visar att hon är arg eller irriterad, om det inte är något som är fel. Nu var det ju tydligen något som hade retat upp henne, och frågan var ju bara vad!?

Erik gick mot dörren för att möta henne. Han sa

- HEJ MORSAN!

Mossan var inte direkt glad. Erik valde att vara som van-
ligt, fast det kändes att hans morsa
borrade in sin blick i Erik.
- Hur är det? sa Erik.
- Erik! Sa Morsan
- Ja.
- Vad har du gjort min son!
- Jag har inte gjort något, morsan!
- Har du inte!?
- Nä, det har jag inte!
- Säger HUSFÖRSÄLJAREN dej något…
- Jo, ja det gör det, säger Erik
- Han ville göra en polisanmälan på dej Erik, för försök
till misshandel, hur kan det vara?
- Aha, det är lugnt morsan!
- Nä Erik, det är inte alls lugnt!

Nu började morsan bli riktigt arg, det märkte ju Erik, som
försökte få henne lugn, och resonera om saken, men det
ville hon tydligen inte, hon var bestämd och hade lovat
husförsäljaren att ordna upp detta, bara ingen polisan-
mälan gjordes mot hennes son.
- Morsan, du fattar väl att inget hände han, min
övervakar var ju till och med här. Då förstår du ju att det
inte gått så vilt till.
- Vilt till! Sa Morsan.
Enligt övervakaren hade hon hängt runt din hals, och en
hammare hade tydligen kommit emot husförsäljaren,
stämmer detta min son?

Kapitel 9

Morsan visste att Erik endast hade villkorlig frigång, och en sådan här incident kunde få tillbaka Erik på kåken i-gen.
Morsan ville ju "Smida medan järnet var varmt" och att få sin son att be om ursäkt till Husförsäljaren.
Hon visste bara inte hur hon skulle få sin son till att be honom om ursäkt. Erik verkade verkligen hata denna hus-försäljaren, och det kunde inte hans morsa förstå.
Hon var ju en djupt kristen person, och där det var ett naturligt inslag i livet att hjälpa, och vara snäll mot andra personer. Inte som hennes son, vara på krigsstigen, och misstro alla personer. Erik hade väldigt svårt att lita på andra personer i livet.

Eriks morsa visste ju inte om fläckarna i taket, och runt fönstorna, och som gjorde att Erik blev så arg. För henne var Eriks agerande helt oförståeligt. Erik visste inte hur han skulle förklara detta, även om en förklaring hade varit det bästa för stunden. Nu han ju intuitionsskadad, och kunde inte, eller ville inte prata med sin morsa. Att prata betyder "Golning", och detta var som en låsning hos Erik. Han kunde varken få fram en konsonant, eller vokal berörande detta ämne.

Erik försökte förklara för henne att det troligen fanns mö-gel i huset hon köpt, och han blev så arg när han såg hus-försäljaren, att han valde att slänga hammaren mot ho-nom. Men Erik kunde inte prata med sin morsa. Det var som han hade silvertejp på munnen.
Klart att hon undrade varför sin son hade gjort så. Kanske

lätt att säga hur man ska förklara, men med en sådan låsning som Erik hade, så blev det svårt att förstå för morsa.

Erik funderade på hur han skulle berätta det för henne, som nu gick i total ovisshet, och det var ju inte så Erik ville det skulle vara.
Han tänkte att han måste ju lita på sin egen morsa…
Hur fan skulle det annars vara, hon gjorde ju allt för mig och lite till. Som tack undviker jag att berätta för henne, Hur ska jag göra, tänkte Erik!? Hon är verkligen värd att få veta, även om det känns fel att berätta, tänkte Erik. Han bestämde sig för att berätta för sin morsa, och tog mod till sig till det. Det kändes som att böja armbågen åt fel håll. Det går! Men det gör jäkligt ont. Det kändes ungefär så, när Erik skulle berätta för sin morsa. Klart det blev jobbigt, för Erik såg det som en golning som man absolut inte får göra.

Det blev svårt när Erik tänkte så…

Morsan stod framför honom, och han kände hur hans underläpp hoppade upp och ner som ett dåligt EKG.
Hans morsa undrade om Erik ville säga något, för det såg så ut?
- Jo, det ska jag, morsan.
- Erik, vad är det då?
- Morsan, det är väl bäst att berätta om detta elände direkt utan pardon.
- Vad är det min son?
- Jo, den där förbannade husförsäljaren har troligen sålt ett dåligt hus till dej, och det är det som gjorde mig så arg och förbannad, när jag såg honom komma hit.

- Vad är det du säger Erik?
- Vi kan ju inte beskylla han för det utan bevis, och det har vi ju inte, min son. Du förstår hur det hade blivit då, vi kan ju inte göra så, Erik!
- Morsan, titta i taket i mitt sovrum, och runt fönsterna där inne. Titta gärna nedanför glaset, efter de svarta prickarna också, sa Erik.
Morsan gick in i sovrummet och tittade runt, om hon såg några prickar i taket, och runt fönsterna.
När hon kom ut därifrån såg hon inte alls glad ut, hon tog sin telefon, och ringde upp husförsäljaren.

Nu hade Eriks morsa en lite vassare ton än vad hon brukar ha när hon talar i telefon.
Eriks morsa var nästan döv på sitt vänstra öra, och hon satte aldrig telefonen till det, hon var så upprörd att hon satte, till att börja med, telefon vid sitt vänstra öra.
Då husförsäljaren svarade, var hon tvungen att byta öra, då hon inte hörde något, morsan började berätta för husförsäljaren att det fanns massor av svarta prickar i tak och fönster. Nu ville Eriks morsa få en besiktning av fastigheten för att kunna se om huset var friskt.
Husförsäljaren hänvisade till köpekontraktet som påvisade att köparen köpte huset i befintligt skick, så husförsäljaren ville inte kännas vid de svarta prickarna.

Morsan menade att dom skulle dela kostnaden vid en eventull sanering av fastigheten. Det ville inte husförsäljaren veta av, och valde att lägga på luren i örat på Eriks morsa.
-Det var det fräckaste, hur kunde han göra så?
Jag som hade tänkt att du, Erik skulle be den mannen om ursäkt, det kommer jag inte be dej att göra längre.
- Va?! sa Erik frågande.

- Varför skulle jag be den idioten om ursäkt? Undrade Erik.

Han började bli irriterad på sin egen morsa, som tydligen inte tagit till sig att husförsäljaren var en idiot, och som var lika klok som en fryst fiskpinne…

- Nej! sa Eriks morsa.

Nu får jag agera i detta, hur kan han bara göra så, husförsäljaren? Han var ju inte alls så när huset var till försäljning, då var han riktigt trevlig och behjälplig.

- Morsan! Sa Erik.

Klart han var det, han skulle sälja sitt hus, och nu ringer du, och vill han ska betala en eventuell sanering som inte fanns i hans planering. Klart han ställer sig på tvären, han trodde ju det skulle bli en lätt försäljning och nu ställer du krav.

Morsan kunde bara se att det var problem med fastigheten, och beklagade detta till sin son, som insåg att detta endast hade börjat, och nu var det verkligen svårt att tänka goda tankar om husförsäljaren. Eriks morsa verkade ledsen, och även om hon inte ville visa det för sin son, så såg Erik det, han känner ju henne grundligt. Morsan skulle åka hem, då hon var lite trött efter Gudstjänsten, hon hade haft några timmar tidigare.

Att inse att huset eventuellt var sjukt, gjorde ju inte henne piggare. Hon satte sig i sin bil, tog bort sin prästkrage, och knäppte upp sin skjorta så hon kunde andas lättare.

Nu var Erik verkligen förbannad på husförsäljaren som hade gjort hans morsa ledsen, och Erik planerade en grym plan, att plocka den idioten, som skulle få veta vad smärta var.

Erik visste ju att hans övervakare, och hans morsa var ett stort problem, och fick ju planera detta i stor hemlighet utan att någon skulle veta om det.

Morsan satt fortfarande i sin bil utan att starta motorn, och det var ju bekymmersamt för Erik att se.

När hon sitter i sin bil, går samma kvinna förbi som hade gått där med sin dotter och hund
dagen efter Erik hade muckat. Hon tittade med en konstig blick, tyckte Erik, som inte kunde säga vad blicken sa.

Kvinnan gick fram till Eriks morsa, och pratade med henne några minuter, Erik visste ju inte om vad. Sedan gick kvinnan igen, och avslutade sitt samtal med att titta på Eriks hus.

Hm! Tänkte Erik…

Det var en skum kvinna som gjorde så, tänkte Erik, som samtidigt såg hur morsan åkte iväg med sin bil, och det var en lättnad för Erik att se. Det är alltid jobbigt att se henne må dåligt, tänkte Erik.

Nu var både morsan och den skumma kvinnan borta, och det var återigen till att försöka fokusera på något som inte hade med huset att göra. Erik tyckte det var ganska svårt att skingra sina tankar på huset. Nu var det ju inte mycket att tänka på, så Erik försökte sova som han gjorde på kåken, då blir det ju bara halva straffet att avtjäna.

Nu skulle Erik bara genomlida denna söndagen, sen började en ny vecka igen, och den kommande vecka var ganska oviss, med en konsult som skulle komma med en mögelhund till huset. Han kunde inte sova, då tankarna hade blivit för jobbiga att fundera på.

Erik hade svårt att tänka på annat än huset, det blev ofrånkomligt att inte göra det. Han gjorde allt för att tänka på något annat.

Erik började fixa lite med tv:n som endast hade

markutbudet. Nu visade det sig att det fattas en antenn på taket. Det var inte något som direkt chockade Erik som hade konstaterat att husförsäljaren var "Tråkigt Dum I Huvudet" som hade lurat hans morsa att köpa detta ruckel i befintligt skick.

Nu kunde Erik bara konstatera detta, och fortsätta med sin plan, att plocka idioten i lugn och ro. För Erik skulle berätta saker för denna husförsäljaren han aldrig hört innan, och han förstod att det fanns en risk att han gjorde en volta ,men det var något som han fick ta i så fall. Där var ingen som skulle såra Eriks morsa, då hade dom skitit i det blå skåpet…

Kapitel 10

Erik valde att gå ut från huset, och se om det fanns någon antenn som satt på skorstenen, eller på gaveln där den borde sitta, men Erik kunde enkelt konstatera att det inte fanns någon antenn ute.
Erik gick upp på vinden för att se om det fanns en antenn där, men den lös med sin frånvaro.

Erik kände hur hans gamla humör gjorde sig påmind, och han tänkte på allt han skulle göra med den jävla idioten. Hur han skulle kunna tänka positiva tankar om husförsäljaren var ju ett mysterium för honom, och såg verkligen inte någon lösning på problemet som tydligen hade blivit en kraftig prövning.

Normalt hade en vanlig husköpare blivit arg om det fattades en antenn på fastigheten som de köpt.
Erik valde att hålla sig lugn, och se vilka fel det var på fastigheten. Allt för att kunna driva in den skuld som husförsäljaren nu hade till Erik. Det skulle bli en aggressiv våldsutövning som skulle få Guds änglar att gråta. En sådan där person skall inte springa lös, tänkte Erik.

Nu hade Erik två saker att lösa, det var övervakaren och sin morsa, som troligen blivit lurad på fastigheten.
Erik kände igen dessa känslorna som nu fanns i hans kropp, och som skapade en stor fara för husägaren, som förmodligen gick i ovisshet, om vad Erik planerade.

Morsan ringde så fort hon kom hem, och sa att hon var hemma, och Erik passade på att fråga vad kvinnan, som gick till hennes bil ville.

- Erik, hon bara hälsade, och undrade om jag inte kunde starta bilen, det var inte mycket mer vi ordväxlade om.
Erik tänkte att det där var ju sanning med modifikation,

och som morsan hade anpassat för att stämma in i samtalet.

Var det så att hans egen morsa modifierade sanningen så han kunde hålla sig på mattan? Ah, sådan är inte hon, tänkte Erik.

Eriks morsa tänkte, att han hade ett jäkla humör, och hon ville inte göra det värre, genom att säga vad kvinnan hade sagt, det hade blivit ytterligare en sak att reda ut, om Erik hade varit på det humöret.

Hans morsa tänkte ta upp ämnet under morgondagen, när konsulten och besiktningsmannen kom, och hans morsa var på plats.

De avslutade samtalet, och Erik hade sina teorier om kvinnans och morsans samtal. Svårt att säga vad dom sa, när jag inte var där, tänkte Erik.

Bättre att släppa detta ämne, annars kommer jag bli helt fokuserad på hur det var, tänkte Erik.

Nu ville han bara titta på sin tv utan antenn, och med en dålig bild.Det fanns en tv i huset som var kvar, och det var bra när Erik skulle börja om i livet. Han förstod ju varför den tv:n stod kvar.

Den bestod av en kopparkabel, som skulle vara en antenn med samma funktion, och även om det var dubbelbild på 1:an, så ville inte Erik börja med att titta på det. Det fanns en bra bild på kanal 4, och det var bra nog när Erik kom från kåken, för där är man ju inte direkt bortskämd med att få allt man vill.

Nu var ju läget sådant att Erik fick titta på denna dåliga bilden om han ville det, för det fanns inte mycket att välja på eftersom det inte fanns någon antenn. Husförsäljaren var så nonchalant mot hans morsa, så Erik ville slå han i monokyler om han fick en stund med han själv.

Förmodligen ville inte husförsäljaren träffa Erik igen, då han tydligen höll sig borta från huset. Vilket gjorde det hela lite svårare för Erik.

Erik satte sig på soffan för att återigen titta på tv, och bilden var lika dålig nu som innan.

Han kände att han höll på att somna, och ville inte sova på soffan, där hade han för dåliga minnen, med den smärta som gjorde sig påmind, när han bara tänkte på att sova där.

Nä, tänkte Erik, jag får gå in, göra mig iordning för natten, och hoppas jag kan sova, för i morgon kommer dom och kollar på huset, och då vill jag ju vara pigg.

Han gick och la sig i sin stora dubbelsäng utan gavlar, som Erik inte hade satt på ännu, av ren lathet.

Han la sig på rygg, vilket han inte skulle gjort, för då såg han ju prickarna i taket. Han la sig istället på sidan för att slippa se dom. Men nu såg han ju fönstret som var fullt med de svarta prickarna. Det känns ju som en jäkla förbannelse, tänkte Erik.

Hur jag än ligger så ser jag de förbannade svarta prickarna, som jag absolut inte vill se.

Måste fått detta straff för mina synders skull, något annat kunde inte Erik tänka, och tyckte det hela kändes ganska jobbigt.

Natten kändes lång, med en massa tankar på vad besiktningsmannen skulle hitta, eller vilken status huset skulle få av honom. Erik sov inte många timmar den natten, och snart var det morgon, och veckodagen MÅNDAG var ett faktum.

Denna dag skulle förmodligen sätta spår i Eriks liv på ett annat sätt. Erik gick upp redan kl. 08.00 för att han inte kunde sova längre.

Han började göra vid sig, och satte på morgonkaffet som var viktigt att få i sig, inte minst i dag. Han väntade på att hans morsa och övervakaren skulle komma till huset, för att vara med på själva besiktningen, som skulle vara kl. 10.00 i dag.

Erik drack sitt kaffe, men var inte alls hungrig, något som var konstigt. Han ville ju alltid äta på kåken, men så var det inte nu, och troligen var Erik så spänd på hur det skulle gå, så att han inte var hungrig. Han hade ju ett dåligt humör, och det blev inte bättre nu när hans blodsocker var lågt.

Det var som om Erik redan hade tagit ut resultatet i förväg, även om han vet att man inte ska göra det. Nu hade han tydligen gjort det, och det skapade ju ett stort hat mot husförsäljaren, kanske helt i onödan.

Morsan och övervakaren var vid huset typ 09.10, och hade samåkt till Eriks bostad. De arbetade ju båda inom Svenska Kyrkan, så det var ju bra de kunde åka tillsammans. Nu såg Erik sin morsa och övervakaren som hade börjat gå mot huset. Han kände att det nu var på gång med besiktningen, och att han troligen skulle ställas inför någon prövning i detta ärende.

Hans morsa såg spänd ut, och även hans övervakare, fast hon försökte vara cool, som hon brukar vilja vara. Det är rätt fantastiskt hur denna situationen påverkar en person, tänkte Erik. Han var själv påverkad, fast det insåg han inte, han var så inställd på konsulten som skulle komma dit, så det var svårt att få Erik mottaglig, för något annat, fast han hade behövt skingra sina tankar på något annat, som det nu var.

Eriks morsa kom först in i huset, och därefter hans övervakare. Det verkade som om de hade talat ihop sig, eftersom de sa nästan samma ord, vilket Erik tyckte var märkligt, men valde att inte säga något om detta.

De talade lite med Erik, om hans hem, och hur hade fått det, ren artighet, tänkte Erik.

Morsan och övervakaren gick runt i huset och tittade, och Erik förstod att de tittade efter nya brister, eller annat som kunde tagas upp med husförsäljaren, när morsan pratade med honom.

Klockan gick, och snart var den omtalade besiktningsmannen utanför huset med sin hund.

Erik kände adrenalinet steg i hans kropp. Skulle besiktningsmannen döma ut fastigheten, eller skulle han säga att prickarna endast var ytliga.

Ja, Erik hade redan svarat på alla frågor innan besiktningsmannen hade kommit in i huset.

Hans morsa mötte han som skulle göra besiktningen på huset, i dörren.

Han kom in och hälsa på oss alla som var där inne, och sa att han tyckte det var ett trevligt hus.- Ja, sa mossan, det är ett riktigt trevligt hus, fast vi vill göra en besiktning, även om den skulle varit gjord innan jag köpte huset. Det var ju en liten miss, men vi får hoppas att det inte finns allt för många brister i huset.

Besiktningsmannen berättade att han endast kunde leta efter fukt och mögel, och att han hade en kollega som heter Jack, som är en labrador. Det är en hund med

väldigt bra luktsinne, och som hittar fukt och mögel snabbt, om det finns i fastigheten.- Så bra, tyckte både morsan och Eriks övervakare. - Jag får be er att gå ut från fastigheten, sa besiktningsmannen, då Jack är väldigt känslig för dofter. Parfymer eller andra dofter kan störa Jack i sitt letande efter eventuellt fukt alternativt mögel i huset, sa besiktningsmannen.Alla gick ut ur huset, även besiktningsmannen som skulle hämta hunden Jack, som satt där bak i kombin i en bur, och väntade på att bli hämtad. Besiktningsmannen öppnade upp buren för Jack, så han kunde hoppa ut, han viftade på sin svans, och såg väldigt glad ut över att komma ut därifrån, eftersom han suttit där flera mil under färden till fastigheten. Besiktningsmannen gick in i huset med Jack, som
direkt påbörjade sitt arbete, med att leta efter fukt och mögel som var hans jobb.

Tyvärr markerade hunden Jack ganska omgående att det fanns mögel i Eriks sovrum.

Hela nedervåningen var tydligen helt körd, sa besiktningsmannen. Hunden Jack gick inte många meter innan han markerade att det fanns ytterligare mögel på ett ställe. Erik visste inte om detta, det var besiktningsmannen som berättade det för Eriks morsa. När besiktningsmannen var klar med att gå runt med hunden Jack i de olika rummen, kallade han in oss alla i köket, och sa att han hade något att berätta som var viktigt att veta. Vi gick in i huset, och satte oss runt bordet, alla fyra. Erik var riktigt spänd på vad han hade att säga. Skulle han döma ut huset, eller fanns det hopp för att Erik skulle kunna bo kvar där?Besiktningsmannen ville informera oss om vad som gällde för denna bostad, och nu slog Eriks puls extra hårt.

Ska bara berätta följande!

Svartmögel uppkommer främst nära fuktiga områden i hus och lägenheter. Vanliga platser kan vara vid avlopp, och nära dusch, toa eller kökets diskbänk. Det kan också uppkomma i tapeter, och på väggar om luftfuktigheten är mycket hög, eller om det finns vattenskador i huset eller lägenheten.

Svartmögel ser ut som namnet antyder. Det är en svart beläggning på det skadade området som växer cirkulärt och ser ut som svarta prickar. Det är därför vanligt att **svartmögel** också kallas för **Svarta Prickar.**
Det är viktigt att påpeka att svartmögel inte är en mögelsort utan att det är flera mögelsorter som har bakats ihop under ett begrepp. Vanliga sorter som benämns under namnet svartmögel är Cladosporium, Aspergillus, Alternaria, Stachybotrys, penicillum, Fysarium.

Om man skall kunna avgöra exakt vilken sort det rör sig om, bör man kontakta en fackkunnig person inom mögel och mögelsanering, för att utreda vilken sort det rör sig om.
Oavsett vilken sort det är, så är ändå problemet att denna typ av mögel producerar stora mängder gifter (toxiner) som är farliga för oss människor. Svartmögel kan orsaka en rad olika symtom på människor, där några kan vara lätthanterliga, och andra svårare att leva med. I bägge fallen vill man ändå åtgärda, och sanera problemen med svartmögel, innan det uppstår mer problem. De lindriga symtomen kan vara en rinnande näsa, kliande ögon, eller att man hostar ovanligt mycket. De värre symtomen kan vara kroniska andningsproblem, och att man blir mycket trött, och kan utveckla astmatiska besvär. Har man redan

astma kan svartmögel skapa ännu mer sjukdomar för denna person. Det är därför mycket viktigt att åtgärda problemen så fort som möjligt.

Man kan sanera och ta bort svartmögel själv, och det finns en mängd olika saneringsvätskor på marknaden som är till för just detta. Det som dock kan vara viktigt att veta, är att dessa vätskor inte kommer att neutralisera gifterna som kommer från möglets sporer i luften, och man då snart kan vara tillbaka på ruta ett igen med sina mögelproblem. Man bör därför även rena luften med en luftrenare samt, som alltid, åtgärda orsaken till varför mögelproblemen uppstod.

- Nu kommer jag ta några prover på detta mögel, sa besiktningsmannen, så ni verkligen vet vilken sort det rör sig om.

Eriks morsa tyckte besiktningsmannen gav bra, och konstruktiv information om läget i huset.

Övervakaren var lite orolig över att Erik inte sa ett ljud om den information, som besiktningsmannen hade gett till dom, och som i princip skulle innebära att Erik fick flytta från huset under själva saneringen. Morsan tittade även på Eriks reaktion, utan att Erik såg det. Hon ville ju också veta om hennes son var arg, eller irriterad över den situationen som uppstått.

Besiktningsmannen var klar, och ville påbörja sin resa tillbaka, han ville inte hunden Jack skulle sitta för länge i bilen själv.

Han sa -Hejdå till oss alla, och började gå mot ytterdörren för att åka tillbaka till företaget han kom ifrån. Han hoppade in i sin bil och startade motorn och började att

åka, Eriks morsa vinkade när han åkte. Nu ville både morsan och övervakaren, veta hur Erik hade tagit den informationen som besiktningsmannen hade sagt, när han var här. Skulle han vara förbannad, arg eller irriterad?
De ville verkligen veta hur Erik tog det, men han ville absolut inte säga något. Övervakaren hade ju en lång och god erfarenhet av dessa gamla busar som inte ville berätta något. En buse från den gamla skolan visste att man skulle hålla tyst om vad som skulle hända eller hur situationen skulle lösas.
Övervakaren förstod att få ut information från Erik, var lika lätt som att vinna på bingolotto, utan att köpa lotten, så det var ju en stor utmaning, tänkte övervakaren för sig själv.

Eriks morsa ville bara prata med sin son om det hela och kanske, ville Erik lösa detta på ett diplomatiskt sätt, istället för att lösa det med våld.
Ja, tanken var god.
Erik hade andra planer för att lösa det hela, och hade redan påbörjat sin planering av att hämnas på husförsäljaren, som bevisligen sålt ett sjukt hus till hans morsa, som trodde gott om denna försäljare.
Övervakaren förstod ju att Erik hade planer, men kunde inte bevisa det. Hon undrade om Erik skulle ställa till det för husförsäljaren, eller om han hade helt andra planer, som hon trodde, gick ut på att totalt krossa denna husförsäljare.
Övervakaren visste ju att Erik, var den sista person man skulle ha efter sig. Han hämnas inte som andra personer, han fullständigt tog bort dom, och verkligen mördade dom digitalt när han hade det humöret, och frågan var om han hade det humöret nu, tänkte övervakaren?
I rullarna hos kriminalvården kallas Erik för "GHOST" och det gjorde han för att han SLOG TILL, FÖRSVANN

OCH SYNTES INTE MER TILL …
Så övervakaren var grundligt bekymrad.

Morsan ville prata med sin son, och tog in honom i ett
annat rum, och började berätta, att kvinnan som talade
med henne för någon dag sedan heter
Fru Watson, och verkade vara en mycket trevlig
person. Hon berättade för mig att husförsäljaren inte var
en bra person, och han hade lurat stora delar av samhället
under de senaste 5 åren.
- Ja, men Morsan då! Sa Erik.
- Du sa ju att hon inte hade sagt något, när jag frågade dej
den dagen.
- Ja jag vet min son!
Jag ville bara vara här, när jag berättade. Jag vet ju hur du
kan reagera på vissa saker.
- Men Morsan.
- Erik, lyssna nu på din mamma!
- För fan, ge dej nu!
- Erik, sluta att svära, du kan säga bättre saker än så, och
du vet jag är kristen min son.
- Jajaja morsan, det är lugnt!
- Du ska se Erik, att det kommer bli bra efter att vi sanerat
bostaden, och du kan ju bo hemma hos din gamla mamma
som du gjorde innan.
- Morsan, jag har precis kommit ut från kåken
och att bo hos sin morsa igen, är ju inte roligt direkt.
- Nä, kanske inte roligt, men du har ju ett hem så länge,
och slipper vara utan tak över huvudet. Det är ett hem,
min son, och jag vet att du har det bra under tiden. Erik
tyckte att bara tanken var jobbig.
Hur skulle han klara av detta?
Erik tyckte det hade varit bättre om husförsäljaren fick
lida istället, än att han skulle behöva flytta hem till sin
morsa igen på grund av detta. Erik var ganska övertygad

om att detta var en prövning av dess like.

Han funderade på hur han skulle kunna agera, när han skulle bo hemma hos sin morsa igen. Hon kommer ju hålla stenkoll på mig så det blir svårt att hämnas på husförsäljaren, tänkte Erik.

Att hämnas på han, kräver ju stor planering om jag ska lyckas, tänkte Erik.

Fan! Tänkte Erik, detta kommer bli väldigt svårt. Vad ska jag säga till morsan om jag går ut en kväll? Hon kommer ju inte att köpa mitt ärende. Morsan kommer direkt vilja köra mig dit med sin bil, då jag inte har körkort, tänkte Erik. Hur ska jag då göra?

Erik visste att han behövde en bil om han skulle prata förstånd med husförsäljaren. Det var ju några mil att åka till idioten.

Det blev att köra olovligt vid det tillfället, och med de skitsaker som Erik hade gjort tidigare i livet, så var det inga problem att köra bil. Erik hade åkt ifrån snutarna innan på den gamla tiden.

Kapitel 11

Nu var det nya tider, och det var meningen att Erik skulle bli en god person, en som betalade sin inkomstskatt.
Ja, nu hade ju besiktningsmannen precis åkt, och Erik var kvar i sitt hem.

Han hade ganska mycket tid att fundera på hur han skulle göra med sin hämnd, och han visste att morsan ville att han skulle ta det på ett diplomatiskt sätt, där ingen kom till skada. Erik hade absolut inga problem med att skada husförsäljaren, snarare lite roligt att se den idioten svettas lite över den uppkomna situationen.
Men ännu var det inte läge att göra något eftersom både övervakaren och morsan var på sin vakt, för att hålla Erik på plats utan att det blev en massa incidenter runt detta.

Hans morsa var ju en fridens kvinna, och trodde det fanns något gott hos alla människor, som fanns på denna jord. Erik var ganska svår att övertyga när det gällde människors godhet, och han var mer nitiskt på detta ämne, trots att hans morsa hade sagt att varje person hade någon god egenskap. Dessa ord hade Erik svårt att ta till sig på ett naturligt sätt, han misstrodde alla personer redan från början av en relation.
Erik och övervakaren hade talat mycket om detta, då övervakaren försökt få Erik på mer normala tankar som vanliga personer hade, men även på detta ämne, var han ganska likgiltig, och ville inte gärna belysa de innersta känslor som bevisligen styrde hela hans dag, och liv.

Övervakaren förstod att Erik hade väldigt svårt att prata om känslor generellt, och det var svårt för övervakaren att komma in på Erik, och hans känslor. Han ville inte alls släppa in någon på denna plats, som tydligen var en helig plats för honom, och där han såg det som en svaghet att släppa in någon.

Att få Erik att visa känslor var ett heltidsarbete för övervakaren, som troligen hade ett Mission Impossible, där det blir ganska svårt att lösa, men inte helt omöjligt.

Övervakaren ville hitta en svaghet hos Erik, för att på sätt kunna komma närmare, fast det verkade svårt, tyckte övervakaren.

Som det var just nu, hade inte Erik så många val, och det kanske var tur det, för annars hade kanske läget blivit något annat. Han ville inte alls lämna sin bostad för att få den sanerad efter alla konsten regler, han ville bara börja sitt nya liv som en Svensson med allt vad det innebar, absolut inget annat.

Husförsäljaren hade försvårat detta, och Erik var tvungen att ta det lugnt, och försöka komma på en plan som skulle hålla hela vägen.

Det kändes för Erik som alla personer stod på husförsäljarens sida, och morsan ville inte att det skulle hända han något negativt, eller att han blev skadad, och likadant tyckte hans övervakare.

Även om denna husförsäljare bevisligen nu sålt en sjuk fastighet, ville de inte att det skulle hända han något?! Det var ju något som Erik inte förstod.

Här har jag blivit av med min bostad under saneringen, och både morsan och övervakaren skyddar den dåren ändå? Varför det, undrade Erik?

Ja, det var nu bevisligen ett helt nytt liv och
värderingar för Erik, där han skulle hålla sig till de regler
som samhället hade. Där man som Svensson var tvungen
att hålla sig till lagens råmärke, så man inte gjorde något
kriminellt, eller på annat sätt bröt mot lagen i sin helhet.
Det var en ganska tuff uppgift att leva efter, med 20 år ute
i kylan, och där han naturligt bröt mot lagen varje dag.
Erik kände att det verkligen kunde gå hur som helst, med
dessa förutsättningar som nu fanns.

Morsan kom ut ifrån ett av rummen, och sa att Erik fick
packa ner det nödvändigaste för att kunna bo hemma hos
sin morsa igen.
Det nödvändigaste? Tänkte Erik.
- Vad fan är det då?! Undrade Erik.
Erik var tvungen att höra med sin morsa om detta!
- Morsan, sa Erik. Vad ska jag ta med mig då?
- Du får ta med lite kläder för några dagar, och din tand-
borste, deodorant och sådant? sa Eriks morsa.
Jaha, tänkte Erik.

På kåken var det ju bara sin tandborste att ta med, sen fick
man nya kläder på nya stället, och hade man fått *knall* så
behövde man bara ta med de privata sakerna, som block
och liknande. Det fanns ju inte så mycket privata saker i
cellen, då det sakerna fanns inlåsta i säkerhetsskåpet.
Dom blev automatiskt flyttade till den nya kåken
av verkställande befälet, som packade ner alla saker som
man hade i sitt säkerhetsskåp i en blå låda, som fick väga
20-25 kilo. Alla lådor vägdes. Sedan när alla sakerna från
säkerhetsskåpet var där, plomberades dessa lådor av en
VB, så man skulle se om lådan hade öppnats under fär-
den.

Nu var ju flytten hem till morsan, och inte inom kriminalvården, och det var något som Erik inte hade någon erfarenhet av.

Hans morsa hjälpte honom att få ihop några privata saker, och även övervakaren talade positivt om flytten till morsan, där hon verkligen ville att Erik skulle se alla fördelar han hade, under tiden som huset blev sanerat en gång för alla. Övervakaren såg att Erik skulle kunna bo i sin bostad i många år efter att huset blivit sanerat.

Erik var inte så glad över flytten, då han hade helt andra planer, och bara ville hämnas på den idioten. Det kändes som det skulle bli svårt, men ändå hade Erik ett stort begär att hämnas på husförsäljaren.

Erik hade packat ner alla viktiga saker, och de kunde åka hem till hans morsa. Hela bilresan var Erik tyst och satt i sina egna tankar, morsan och övervakaren pratade om hur husförsäljaren kunde göra så, när han var så trevlig innan huset hade blivit sålt.

Ja, hur kan det vara? Är ni så naiva? Tänkte Erik…

Han blev bara mer irriterad på deras resonemang och att de var så godtrogna, bäst att släppa tanken, tänkte Erik med stor frustration.

Efter några mil var de framme, och övervakaren tog sin bil där, och åkte direkt till jobbet inom kyrkan.

De började bära in Eriks saker, och han fick bo i sitt gamla rum, han hade haft som liten. Erik blev adopterad när han var väldigt liten, och hade bott hos morsan, som var ensamstående, sen dess. Hon hade en dotter från ett annat förhållande, men dom hade gått var sitt håll innan Erik blev adopterad. Det hade bara varit morsan och Erik i den familjen, till största delen bara morsan, då han satt inne på kåken ganska ofta.

Nu blev det så, att Erik fick bo hemma igen, även om han inte gillade det.

Det var först då Erik såg sitt gamla rum som han vaknade till. Det var något som hade väckt den björn som verkligen sov. Nu kändes det som allt hat mot denna husförsäljare blivit en viktig sak att lösa för Erik.
Eriks morsa frågade om det var okej att bo i sitt gamla rum.
- Klart! Sa Erik.
Morsan undrade om det kunde äta lite mat tillsammans under kvällen?
- Ja, det är klart, sa Erik.
Erik såg hur glad hon blev över svaret som han gav henne. Ja, Erik var så arg och besviken på husförsäljaren att han verkligen ville slå sönder honom, fast han innerst inne visste att det var fel att göra så, men att behöva se bedrövelsen i morsans ögon, gjorde att Erik fick drivmedel att genomföra en hämnd.
Morsan gick, och han var själv i rummet. Han valde att sätta in sin tandborste, och lägga in sina kläder på sin plats.
Erik försökte på ett enkelt sätt installera sig i rummet han skulle bo i under några veckor.

Han hörde från sitt rum hur hans morsa fixade med mat, och att det slamrade i några kastruller, så det lät som det ska göra i ett hem, tänkte Erik.
Ganska snart hörde Erik att hans morsa ropade från köket, att maten var klar.
Ja, tänkte Erik, det låter som ett dåligt filmmanus, att maten nu var klar att ätas.
Erik skrattade för sig själv, och insåg ganska snabbt att detta "Dåliga Filmmanus" var precis som livet är, och

framförallt så var det detta Erik kunde förvänta sig i framtiden.

Erik gick ut i köket där hans morsa var, och hon hade dukat med linneduk och servetter, som hon aldrig annars hade. Nu var hon så glad att hennes son både var ute från anstalten, och att han tillfälligt hade flyttat hem till sitt barndomshem igen. Att sitta vid samma bord, som Erik hade gjort när han växte upp kändes väldigt konstigt, och att se hur morsan hade åldrats var ju bevis på att det gått en lång tid.

Morsan hade gjort hemmagjorda köttbullar som Erik verkligen älskade. Att bara äta dessa köttbullar, och känna alla dofter från maten frigjorde många minnen hos Erik, som flög 40 år tillbaka i tiden av att bara känna doften, och smaken av köttbullarna som morsan hade gjort.

Hon frågade om han tyckte det var gott?

- Ja, morsan, riktigt gott!

- Vad bra min son, sa hon.

- Ät hur mycket du vill min son!

- Jag tuggar ju allt jag kan, sa Erik.

- Bra det …

- Hallå morsan! Lite för gammal för att du ska säga lilla son, det fattar du väl?

- Min lilla son, du kommer alltid vara liten för mig.

- Nu får du ge dej morsan!

- Ja, ja min son, det blir bra, sa hon med ett leende.

De åt färdigt, och sen gick Erik och satte sig i tv- rummet, för att ta kål på några timmar under denna rådande kväll. Under tiden som hans morsa fixade till i köket efter måltiden, satt Erik i en fåtölj, och planerade in hämnden han skulle göra mot husförsäljaren. Ju mer han tänkte på hämnd, ju mer insåg han hur svårt det skulle bli att genomföra det själv.

Att hitta någon pålitlig person i Svensson livet var ett o-
möjligt jobb, tänkte Erik, som direkt tänkte på sin svarta
bok, med alla adresser och telefonnummer till alla han
suttit med på kåken, och vem som skulle vara mest lämp-
lig för att kunna utföra det arbete som nu skulle göras.

Erik reste sig upp från fåtöljen, och gick mot sitt gamla
rum för att hämta den svarta boken som låg nerpackad i
en väska, han hade med sig.

Efter lite letande hittade Erik boken. Det var en bok som
han egentligen inte skulle öppna, med tanke på dess inne-
håll.

Nu stod han där med boken, som skulle vara ett minne
blott, men som nu blev en grundförutsättning för att det
skulle bli en bra hämnd på den idioten.

Erik kände ett visst tvivel för att kontakta dessa personer,
de var ju något som inte längre fanns i hans nya liv, men
nu behövde jag dom, tänkte han.

Erik tänkte på hur han skulle göra med boken. Var detta
ett måste, att öppna, och kontakta dessa personer eller
kunde han göra på något annat sätt?

Kapitel 12

Erik höll krampaktig i boken som symboliserade hans gamla liv under 20 år. Skulle han verkligen öppna upp denna för en husägarens skull?
Erik visste, om han öppnade den, var han ju tvungen att löpa linan ut, det vill säga att han tillfälligt var tillbaka i det kriminella livet igen. Skulle samhället acceptera det, eller skulle de vända ryggen till, förmodligen skulle det bli det sistnämnda, tyvärr. Erik kände att han var tvungen att göra något åt husförsäljarens attityd mot morsan, då han trodde han kunde göra hur han ville mot henne. Det var ett stort misstag att tro det, när hon hade sin son till hjälp.

Nu visst ju inte husförsäljaren om att Erik stod så mycket bakom sin morsa, som han verkligen gjorde hela tiden, då han var lojal mot henne.
Frågan är ju hur detta skulle uppfattas, när man vill hämnas på någon, och aktivt letar efter en lösning på problemet som Erik hade. Ja, tänkte Erik, det är ju en bra fråga, och som jag inte har något bra svar på. Erik ville ju kunna se sin egen morsa i ögonen, när hon eventuellt frågade var husförsäljaren blivit av, och skulle Erik behöva ljuga om det svaret?!
Vad skulle han göra nu? Hm.
Ja, det var bara för Erik att bestämma sig, skulle han öppna den svarta boken, eller bara skita i det?
Inget lätt val, tänkte Erik, som hade svårt att kunna se sin egen morsa i ögonen, när han tänkte på det.
Ja, något måste jag göra, frågan är ju bara hur, för det tycks bli fel hur jag än gör, tänkte Erik.
Han bestämde sig för att öppna upp boken, och börja

bläddra lite i den. Han undrade ju klart vem som var mest lämplig att göra jobbet, och som kunde hålla käften stängd. Även ett litet arbete krävde en person som verkligen kunde hålla käft och inte prata om det sen, även om denna skulle vilja. En person från den gamla stammen var ju ett måste, som gick att lita på. Den svarta boken var ganska tjock så det fanns ju en massa personer där. Även om Eriks osäkerhet var stor, och lojaliteten mot morsan gjorde sig påmind, valde Erik att gå vidare i det kriminella träsket, för att kunna hitta någon lämplig för det som skulle göras, och även om det skulle kosta Erik en tid på kåken, var han fast besluten att genomföra det.

Nu var det ju bara hitta en bra person, och inte en sångfågel, för det var inte lämpligt att ha, när Erik skulle genomföra detta på ett bra sätt. Sen behövde ju inte busen ha anabolahjärna, så det vore kanske bra med ett mellanting, tänkte Erik.

Han letade verkligen seriöst efter en person han kunde lita på, och det var faktiskt inte så många. Alla personer säger ju att dom är bra och kan vara tysta, fast sanningen säger något helt annat, då de ofta blir lite mjuka när snutarna låser in dom i en cell, då tuffheten försvinner ganska fort. Dessa personer heter på kåken "UNGTUPPAR" och är inte alls så tuffa, men hårda är dom ofta, och det är i magen.
Ofta kom plitarna på häktet och frågade om vi ville "SAMSITTA" med ungtupparna, så det inte skulle bli tokiga, och slutade tänka på mammas mat hemma, där dessa tuffa killar satt nu.
Nej, det var inte mycket med dessa killar, mest tårar och hemlängtan. Då kom Kriminalvården på att de gamla

busarna som ville, kunde ju SAMSITTA med de killar, som gjorde sin jungfruresa inom kriminalvården. Allt för att lätta upp stämningen hos de personerna, så de kunde få andra tankar, än att de var inlåsta i en cell 23 timmar per dygn.

Ja det var ett klent virke, men tuffa vill de vara!

Nu ville Erik hitta en person som kunde vara med på detta, utan att bli mjuk när snuten kom, för det räknade Erik med att de skulle göra, efter de hade pratat med husförsäljaren.

En Svensson som hade blivit utsatt för hot ringer ju klart till snutarna efter det inträffade, tänkte Erik, och bläddrar i sin bok, och ser två möjliga kandidater som lätt skulle kunna genomföra detta.

En av dom hade blivit lite ringrostig, bildat familj, och ville vara med dom istället för att göra olagliga saker dagarna igenom. Han ville trygga sin familjs ekonomi, genom ett vanligt arbete och betala skatt, utan att då och då åka in på kåken, och det får man ju acceptera, att någon vill byta bana och bli seriös istället.

Jag ville ju själv byta livsstil, tänkte Erik i ett svagt ögonblick... Jaja, nu är det inte så, tänkte Erik!

Nu skulle han hitta en lämplig kandidat till jobbet som nu stod för dörren.

Det var bara en lämplig kandidat kvar, efter han ringt till den andra personen, och frågat om han ville träffa Erik.

Då hade den andre personen sagt att han gärna träffade Erik, om det inte var något annat som skulle göras. Han kunde ju inte prata på telefon, även om Erik förstod hans kryptiska meddelade han sa i telefonen.

Erik förstod att personen inte ville hålla på med

olagligheter, och då var han ju inte längre en lämplig kandidat till jobbet, vilket Erik förklarade genom att det troligen inte var lämpligt att han kom dit då.

Då fanns där bara en som Erik tyckte höll måttet, och det var Tobbe.

Tobbe var en gammal värdetransportrånare, från den gamla skolan, som hatade snutar, och verkligen hade en mycket lämplig attityd.

Erik ringde upp han, och budskapet verkade komma i god jord, och även om inte detta kunde bekräftas på telefon, så hade ju Erik goda förhoppningar. De bestämde träff i en angränsande förort till Göteborg, där de båda skulle träffas senare på kvällen. Erik ville inte oroa sin morsa, som gick till sängs ganska tidigt om kvällarna.

Morsan dukade fram kvällsmat, och gjorde de vanliga rutinerna hon brukade göra. Hon ville alltid be, innan hon och Erik åt sin mat. Hon knäppte sina händer och sneglade på Erik, och ville att även han skulle knäppa sina händer när hon bad bordsbönen. De började äta efter hon hade slutat med bordsbönen, och det var ganska tyst vid matbordet. Eriks morsa undrade om han hade bestämt att träffa sin övervakare?

- Nä, sa Erik.

- Ska du göra det snart? Undrade morsan.

- Du morsan, det vet jag inte

- Ja, då får vi se när det blir min son, sa morsan.

- Jo det får vi allt göra, sa Erik med en liten irriterad röst.

Det är konstigt med morsor tänkte Erik, det verkar som de är lite synska. Det verkar som att de vet något, och deras blick, känns som den tittar lite extra just vid sådana tillfällen.

Morsan kunde ju inte veta, det var bara en känsla som Erik hade, och förmodligen var han bara lite nojjig på det, som skulle hända senare på kvällen.

Kvällen var ett faktum, och morsan gick inte till sängs vid den tid hon brukade göra. Hon verkade vilja säga något, och Erik valde att vara tyst så han inte såg morsas blickar under kvällen.

Till sist sa hon att hon skulle gå och lägga sig, och vila sina gamla ögon. Det var tydligen något stort i kyrkan imorgon, som hon ville vara utvilad till. Det skulle troligen krävas en massa energi av henne under denna dag, så hon ville helt enkelt sova. Erik var inte direkt ledsen över hennes beslut. Han skulle ju iväg och träffa Tobbe i kväll, och fast det började bli sent, så ville han få detta gjort, med tanke på sin plan.

Morsan hade gått in till sig för att sova, och Erik visste att hon somnade ganska fort. Även om han visste, kollade han in i sin morsas sovrum en gång till. Hon hade börjat snarka, och det var ju ett gott tecken på att hon sov ganska djupt. Erik stängde dörren och gick sedan bort till nyckelskåpet, där han tog bilnycklarna som gick till morsans gamla Mazda.

Han gick ut från ytterdörren och låste den försiktigt, så inte hans morsa skulle höra.

Sedan vände han sig om och gick med raska steg mot bilen, som stod parkerad på uppfarten.

När Erik nästan var framme vid bilen, ser han hur ett par djurögon reflekterade i mörkret, samtidigt ser han att någon tänder en cigarett.

Vem är ute nu? Tänker Erik.

Ah, det måste bara vara någon som går ut med sin hund och tänder sin cigg, tänkte Erik.

Erik fokuserade på att få upp låset till bildörren så han kunde komma in i bilen. Erik hoppade in i bilen och satte nyckeln i tändningen. Innan han vred om, så tänkte han på sin morsa som alltid stöttat honom, och nu gör jag så här, tänkte Erik…

Åh, nu kändes det jobbigt för stunden, och fast han gjorde detta för henne, så sög hela saken han skulle göra, tyckte Erik. Det blev ju en lojalitetskrock av dess like.

Nu gällde det att hålla sig till sin plan, och inte känna efter, så skulle det nog gå.

Erik backade ut bilen från uppfarten, och skulle precis börja köra, när han ser en kärring lite längre ner på vägen som stirrade på bilen.

- Vad fan stirrar den kärringen på? Undrar Erik, som blev lite paranoid när någon tittade så. Hon hade visserligen en hund av någon sort som hon gick med, även om hunden stod still och tittade han med! Konstigt, tyckte Erik, som nu tittade i backspegeln om det var något annat de tittade på. Det var det inte.

Förmodligen hade bara hunden sett en katt eller något annat djur, och kärringen tittade säkert på detta djur också, så hon visste när de kunde gå.

Erik tänkte så nu, annars hade han bara blivit paranoid med en annan lösning.

Han valde att köra vidare, och var nu framme vid denna kärring som följde bilen med blicken.

Men vad fan nu! Tänkte Erik.

Den kärringen mår inte bra, det ser ju ut som hon fått en dålig halsbränna, och där jag var en levande Samarin.

Ja, att denna kvinna tittade, var det inte någon tvekan om, och Erik ville veta vem denna kvinna var. För det kan ju inte vara en slump! Tänkte han.

Han tyckte han hade sett den kärringen innan, men kunde inte för stunden placera henne. Han hade i alla fall inte suttit på kåken med henne, för hon var kvinna, och dom sitter ofta på "Hinseberganstalten" och där hade inte Erik suttit, fast han suttit på många kåkar, och den anstalten var dessutom bara för kvinnor.

Det retade han att han inte kunde sätta fingret på var han hade sett henne.

Det var något i hennes blick som kändes bekant, och som förmodligen gjorde att Erik tyckte han kände igen henne när hon tittade.

Kapitel 13

Det var nästan helt svart ute, det var ju kväll så förutsätt-
ningarna var inte direkt optimala för att kunna placera
kvinnan. Erik försökte släppa det, så han kunde fundera
på vad han skulle säga till Tobbe när han kom fram till
honom.

Bilfärden gick mot sitt slut, och Erik var framme där han
skulle träffa sin vän, Tobbe.
Erik gick av bilen, och började gå mot den plats där de
bestämt möte, det kom lite längre fram på vägen. Båda två
hade lagt sina mobiler i bilen, då dessa går att avlyssna,
även när de är avstängda. Det blev en kram som män gör,
med dunk i ryggen, och det kändes som tiden totalt hade
stått stilla.
Senast Erik hade sett Tobbe, var på Kumla anstalten, där
de satt ihop på D-huset, utanför fotbollsplanen.
De hade suttit ihop i mer än ett år innan de båda fick
knall.

Det var några år sedan, och det kändes bra, att se Tobbe,
tänkte Erik.
Tobbe undrade efter ett tag vad vi skulle göra
Han undrade så klart vad jag hade planerat?!
Jag förklarade hur jag hade tänkt med det hela, och det
blev en mycket lång plan, som skulle få husförsäljaren på
helt andra tankar.
Tobbe tyckte det var en riktigt grym plan, riktigt smart,
eftersom husförsäljaren hade ställt till det för Eriks morsa,
och han behövde sig en kraftig tillsägelse av Erik och
Tobbe.
Erik hade även planerat in att kunna besvara snutarnas

frågor om dessa skulle bli aktuella.

Han hade till och med planerat in hur de träffats, och att de suttit på kåken, så Erik hade täckt de flesta frågorna snutarna kunde ställa.

Tobbe hade lite frågor om när det hela skulle ske, och om vi behövde vara fler.

Precis när Tobbe ställde sina frågor, sa Erik rakt ut,

-Fru Watson, det var ju hon! Sa Erik.

Tobbe undrade om Erik hade tagit några droger, eller vad fan hände, sa Tobbe som inte förstod vad Erik pratade om, när han fullständigt bara säger, FRU WATSON rakt ut.

- Ja det var hon! sa Erik.
- Vem då?! sa Tobbe.
- Hon som stod vid vägen! Sa Erik.

Tobbe blev mer övertygad om att Erik var hög på något han hade tagit, och undrade vad det var?

- Inget, sa Erik, det var en kärring jag såg ute vid vägen hemma, på min morsas gata, och jag undrade var jag sett henne. Nu vet jag! Jag kunde ju inte sätta fingret på var jag sett henne innan, men nu vet jag att det var när min morsa var hemma hos mig i huset, och det kommer fram en kärring, och pratar med henne, och hon avslutar sin diskussion med att titta på ett märkligt sätt på mitt hus. Det var därför jag tyckte det kändes bekant med hennes blick.

Tobbe såg nog mer ut som ett levande frågetecken, som inte förstod vad den där Fru Watson hade för viktig bety-delse i detta jobb?

Tobbe undrade om hon var snut, eftersom hon hade fått Eriks uppmärksamhet, då han ännu funderade på henne, som tydligen var viktig för honom.

-Nej! Sa Erik. Det är hon inte, jag ville bara få ordning på det. Inte så konstigt, avslutade Erik med att säga.

Tobbe tyckte inte att Eriks beteende var konstigt längre, nu när han visste hur allt låg till.

De båda fortsatte att prata om hur de skulle göra, och vem som skulle göra vad.

Det mesta var planerat, så Erik och Tobbe tog farväl av varandra, och började gå mot sina bilar, när något mycket negativt inträffade, De såg att det stod många snutar runt deras bilar.

Det var Eriks morsas bil dom stod och tittade på, och även in i bilen, det såg ut som om de letade efter något i hennes bil, när de gick runt bilen. Erik visste ju att hans mobil fanns i bilen, och att den var avstängd av säkerhet. Så de kunde inte spåra den, tyckte Erik.

Eriks morsa hade vaknat, och behövde gå på toaletten under natten, och på vägen dit såg hon att hennes bil var borta från uppfarten, så hon hade ringt till Polisen och gjort en anmälan om att hennes bil var borta.

Efter hon hade gjort sin Polisanmälan upptäckte hon att bilnycklarna var borta, och när hon knackade på hos Erik, så hade han också försvunnit.

Morsan blev ganska klarvaken direkt, och började misstänka att hennes son höll på med något som inte var direkt lagligt, och började få ont i magen. Hon försökte ringa upp Erik utan framgång, då hans mobil var avstängd fick morsan bara ett mobilsvar i sitt öra, och blev ännu mer orolig, när hon inte fick tag i sin son.

Erik, som bara stod 30 meter från snutarna började förstå att snutjävlarna inte kom av en slump, frågan var hur dessa snutar hade hittat morsans bil så fort, och varför?

Det kunde ju inte vara en efterlyst bil när det var Eriks morsas, och det fanns ju inte något GPS system, då bilen var för gammal.

Erik undrade verkligen varför snutarna bevakade denna bilen? Jäkligt konstigt! Tänkte Erik.

Tobbe som hade gått mot sin bil, kom bort till Erik och förklarade att han inte trodde på slumpen, och hela saken som inträffade nu var väldigt konstigt, sa Tobbe.

- Nä, jag tror inte på slumpen heller, det är konstigt, sa Erik.

- Du Erik, sa Tobbe.

- Ja, sa Erik.

Tobbe var helt tyst, så Erik fick än en gång säga till sin vän att förklara vad han ville.

- Jo, sa Tobbe.

- Erik, tror du att den kärringen är snut i alla fall?

- Va! Sa Erik. Menar du Fru Watson?

- Ja precis, sa Tobbe.

- Nu får du ge dej, Tobbe

- Hon är en helt vanlig kärring, som bara ville vara vänlig enligt morsan, sa Erik.

- Ja men, har du pratat med henne? För hennes agerande luktar snutjävel, tycker jag.

- Ah, du är ju paranoid, sa Erik.

- Tycker du det är konstigt! Sa Tobbe.

- Nja, det är väl inte så konstigt, men jag har väldigt svårt att tro att Fru Watson är snut, sa Erik.

- Tobbe, jag tycker inte, att du tänker konstigt om den här kärringen. Hon skapar även frågetecken hos mig. Hon finns tydligen överallt, sa Erik.

- Ja, det tycker jag också, sa Tobbe.

Först berättar hon för din morsa Erik, att husförsäljaren var opålitlig, sen ser du henne utanför din morsas hus på gatan. Nu står det snutar runt din bil.

Fattar du inte Erik? Hon är ju läckan, och säkert snut.

Det är ju flera mil från ditt hus, Erik. Kärringen finns ju på båda ställena. Ojoj, nu har vi troligen fått en snut i rö-

ven, och du tror hon är en helt vanlig Svensson, Erik.
-Snyggt! Sa Tobbe.
- Hallå! Hur ska jag veta vad hon jobbar med, jag har ju
inte ens pratat med människan Tobbe. Jag kan ju inte veta
det då, det fattar du väl Tobbe, sa Erik.
- Ja, det är ju märkligt, sa Erik.
Kanske man skulle vara lite mera försiktig, när man talade
med henne, tänkte Erik.

Erik ville bara få en hämnd på husförsäljaren, och som det
var just nu, var det inte lätt att hämnas med så aktiva
snutar. Frågan var ju bara vem som hade aktiverat dom?
Erik visste inte för stunden, att det var hans egen morsa
som hade gjort det genom sin Polisanmälan, eller hur de
kunde lokalisera hennes bil så fort utan GPS.Erik hade
varit Internationellt Efterlyst, och finns i Polisens ASP
register (Polisens Hemliga register) så han var ju bevakad.
Han hade övervakning under 1 år, så det var kanske inte
så konstigt att snutarna hade lokaliserat denna bilen.
En sak som Erik inte förstod, var hur en bil som hans
morsa ägde, hittades så fort?

Snutarna valde att ringa efter en bärgare och sen åka från
platsen, vad Erik och Tobbe hörde när poliserna ringde
efter den bärgaren.
Nu var ju bara frågan om Erik skulle hinna ta sin mobilte-
lefon som låg nere på golvet i bilen. Lyckas han med det,
så kunde han åka hem med Tobbe i hans bil, och morsan
behövde inte alls veta vad som hade hänt under kvällen
och natten. Erik sprang över till bilen så fort snutarna ha-
de lämnat platsen, öppnade den med nyckeln, och tog sin
mobil, som låg på golvet vid förardörren, och stoppade
den i jackan.
Erik fick för sig att titta i handskfacket av någon
anledning, och såg när han hade öppnat den, att sin mor-

sas mobil låg i handskfacket och var påslagen.

Jaha, det var ju inte konstigt att snutarna kunde lokalisera hennes bil så fort, när den ligger där, tänkte Erik.

Frågan Erik hade var, varför hade de lokaliserat hennes bil?

Det kunde inte alls Erik förstå att de kunde göra, hans morsa var ju Kyrkoherde, och inte alls kriminell, och vad han visste, hade ingen gjort en polisanmälan. Så varför detta pådrag? Jäkligt konstigt, tänkte Erik.

Erik var tvungen att gå tillbaka dit där Tobbe stod och väntade, och han ville säkert veta om jag fått tag i mobilen, tänkte Erik.

Tobbe verkade lite irriterad över läget som

Erik och Tobbe befann sig i.Visst var inte läget så bra, och de kunde ju inte säga att det inte fanns snutar runt dom som det var nu.

Erik undrade ju vad, eller vem som var ansvarig till detta som hände nu, för det var ett jäkla elände de hade hamnat i ikväll.

Tobbe sa till Erik att de borde gå på sin magkänsla och avbryta detta, medan det fortfarande fanns en möjlighet, och att inte snuten var mer inblandad i denna situation. Erik ville inte avbryta, då skulle ju husförsäljaren komma undan, och det fanns inte på Eriks karta.

Erik och Tobbe valde att köra iväg från denna plats i Tobbes bil. Erik hade mobilen i sin jacka, och ville inte sätta på den, då Tobbe och han befann sig på samma plats, och det hade inte sett bra ut om snuten skulle spåra på vilka platser de hade varit på. Då vill man ju inte att dessa mobiler ska finnas på samma plats när eventuellt snuten hade triangulerat våra mobiler. Erik och Tobbe tyckte att dom hade tänkte på det mesta som en vanlig gangster hade gått på. Det var något dom två hade lovat varandra att inte gå på de klassiska fällorna som snutarna hade, och att inte bjuda på några saker till snuten.

Erik och Tobbe satt och pratade på väg hem till Eriks morsas hem. Efter ett tag stod de utanför hennes uppfart, och det var dags för Erik att gå av och in i morsans hus igen.

Erik tänkte på att det gått bra, trots att det hade funnits snutar på platsen, och hans mobil hade varit i bilen. Om snuten hade hittat hans mobil, kan de binda den till honom, frivården hade hans telefonnummer då han hade övervakning under året. Även om inte mobilen kunde kopplas till ett brott, så hade snuten kunnat kalla mig, då Erik hade övervakning. När man har
övervakning, har inte den personen sina rättigheter som alla andra människor har.

Erik var inne i huset igen, och hängde av sin jacka, och skulle precis gå in på toaletten när hans morsa kom ut från sin sängkammare, och hennes blicka var absolut INTE vit direkt, nu såg hon ut, som om han bland molnen, hade slängt blixtar på hans morsa. Hon var riktigt förbannad, och undrade var hennes bil var?

- Din bil! sa Erik.

- Erik, sa Morsan.

- Ja morsan, den är typ borta.

- Borta? Sa morsan.

- Erik! Var i helvete är den?

- Oj, morsan, du svär ju!

- Du Erik, säg var min bil är! Om du vet det, så säg var den är min son, sen är Gud större än att Han skulle reagera på att någon svor, så vet du det!

- Du verkar arg, morsan! Sa Erik.

- Erik, jag är arg, ledsen och besviken, på att du försätter mig i så svåra situationer som du nu har gjort!

- Morsan, jag har inte satt dej i någon svår situation, det ska du allt veta, jag är ju lojal mot dig.

- Det är du Erik? sa morsan.

- Ja, morsan det är jag!

- Hur kan det vara att min bil är borta, och att min egen son har varit borta stora delar av natten, sa morsan! Hur kan du vara så lojal, Erik?

- Va? Sa Erik.

- Ja, det var nämligen jag, din morsa som gjorde en polisanmälan när jag såg att min bil var borta. Efter jag gjort en anmälan så såg jag även att mina bilnycklar var borta från nyckelskåpet.

För du har väl inte dom Erik, frågade morsan?Nja, nu är det allt besvärligt, detta, och vad fan ska jag svara min morsa? Tänkte Erik.

- Erik! Har du mina nycklar?

- Har du det, sa morsan?

- Varför säger du inget min son!?

- Morsan, ta det lugnt nu är du snäll, så vi kan reda ut detta en gång för alla.

- Erik! sa morsan.

- Ja, svarade Erik- Nu får du en ärlig chans till, att ge mig mina nycklar om du har dom! Så jag tycker inte du ska chansa en gång till, för nu är din mamma inte alls på ett sådant humör.

- Morsan, klart jag inte har dina bilnycklar på mig, det fattar du väl.

- Så bra Erik! Sa morsan. Då kan du ju börja med att vända ut och in på fickorna i dina jeans, så börjar vi någonstans, sa morsan!

- Va sa du!

- Du hörde vad jag sa Erik!

- Jo, men du tror väl inte jag har dina bilnycklar, jag kör ju inte bil längre, det vet du ju!

- Klart ATT DU INTE KÖR ERIK! Det vet jag ju, sa morsan med sarkasm i sin röst.

Erik märkte att hon var arg, och väntade på att han skulle tömma sina fickor i jeansen. Hon ville verkligen se att hennes bilnycklar inte fanns där.

Nu var det bara för Erik att vända ut och in på sina jeans, som innehöll en massa saker. Dock fanns hennes bilnycklar också där, och det blev jobbigt för Erik.

Morsan, sa att hon tyckte han skulle slå upp ordet LOJA-LITET, och tog sina bilnycklar innan hon gick in i sitt sovrum igen, med kolsvarta ögon.

Så ja, tänkte Erik.

Nu är morsan sur, och det är inte alls bra, tänkte Erik med en stor frustration, och förstod att hon skulle vara på honom som en igel. Även om hans övervakare skulle bli ett större problem, så var morsan det största just nu, när Erik bodde i sitt gamla barndomshem.

Erik valde att gå in på sitt gamla rum, och kanske få några timmars sömn. Klockan var ju närmare 5 på morgonen, så natten skulle i alla fall inte bli så lång, tänkte Erik.

Kapitel 14

Erik vaknade inte förrän vid 9-tiden, eftersom han var så trött när han gick och lade sig, och hans morsa var på ett ganska dåligt humör i går, och jag hoppas verkligen hon är på bättre humör i dag, tänkte Erik.

Nu skulle han börja gå ut i huset, och väntade bara på att morsan skulle säga något när han kom ut från sitt rum, eller få någon blick från henne.

Mycket riktigt, han möttes av en lapp som hans morsa hade skrivit. ERIK, JAG ÄR PÅ ARBETET, TALAR MED DIG I KVÄLL // MORSAN

Jaha, det blir en sådan kväll, tänkte Erik.

Hur skulle det nu gå med hämnden, han och Tobbe hade planerat, nu när Erik hade fått två ilskna kvinnor efter sig. RETA ALDRIG UPP EN KVINNA MED VASSA KLOR. Det var något han hade lärt sig på kåken när han hade retat upp de kvinnliga plitarna, som då frågade om man siktade uppåt?

Vill säga man fick knall till högre anstalt under tiden man gick på Utslussningen.

Så det hade ju varit att gå mot fel håll, tänkte Erik.

Ja, tänkte Erik. Det är nog bäst att hålla sig på god fot med dessa kvinnor, annars lär det bli stora problem med dom. Hur man ska göra är ju verkligen en gåta som Erik hade väldigt svårt att lösa.

Han visste inte hur han skulle göra med sin morsa, det hade Erik inte någon lösning på. Sedan kom hon förmodligen att tala med hans övervakare, och då var det andra problemet igång. Nu gällde det verkligen att ligga lite före, tänkte Erik, som höll på att inse att det hypotetiskt skulle vara två kvinnor som inte var så glada på honom.

Erik visste ju att man inte kan få allt man vill ha.
Vill man ha det, måste man offra något/någon och det var
inte att tänka på i detta fallet.

Erik satte sig på en stol i stora rummet och tänkte på allt
som hade hänt, hur nya personer blivit iblandade, utan att
Erik egentligen visste varför, och framförallt vem perso-
nerna var.
Fan, vad märkligt, tänkte Erik.
Han försökte tänka på hur det kunde bli så, när det bara
var Tobbe och han som skulle skrämma upp husförsälja-
ren lite. Som det var nu, så var morsan, övervakaren, Fru
Watson och en massa snutar inblandade, och det hade
blivit ett mycket
svårt fall att genomföra. För det ordspråket som säger:
Om en vet, vet ingen, vet två, vet alla!
Så är det faktiskt, tänkte Erik ...

Det skulle inte sluta med att dessa personer visste, för det
skulle ju även vara husförsäljaren, och förmodligen andra
som han sa det till efteråt. Så Erik insåg att det skulle bli
en massa personer som hade vetskap om detta, både före
och efter deras varning.
Hur Eriks övervakare skulle agera, visste han inte, men
han ville höra med sin morsa om hon hade talat med
övervakaren om det inträffade. Hade hon gjort det kunde
det i värsta fall innebära att Erik åkte in på kåken igen,
och det ville han inte. Tror inte min egen morsan skulle
vilja det heller, tänkte Erik. Även om hon var riktigt arg
och besviken på sin son, så hade Erik svårt att tro det.
Jag får väl hoppas att hon har lite moderskänslor och inte
säger något till min övervakaren, så jag slipper åka in

igen, tänkte Erik.

Även om Erik visste att kvinnor kan vara kraftigt hormonstyrda och ta beslut där efter, för en kvinna är alltid hormonstyrd oavsett sin ålder.

Sen hade ju Eriks morsa sekretess, och det innebar då att hon hade tystnadsplikt även på sin fritid. För präst är man ju alltid, och det var ju lite betryggande när Erik funderade på det.

Övervakaren var lite mer problematisk, då hon enkelt skulle kunna få in Erik på kåken igen, om hon ansåg att Erik höll på med brott, eller liknande under sin övervakningstid, och hur skulle hon kunna tolka detta med husförsäljaren på något annat sätt?

Nu visste hon ju bara att Erik hade blivit arg på husförsäljaren, och slängt en hammare mot honom, något annat visste hon inte just nu.

I princip hade ju denna händelse varit mer än nog för att kunna låsa in Erik igen.

Fast det hade hon inte gjort, så Erik kände det som hon hade ett stort tålamod, och att hon ville att det skulle gå bra för han.

När det gällde husförsäljaren, ville han inte prova övervakarens tålamod, och att hoppas på det bästa, och hålla sig utanför kåken.

Morsan ringde Erik på mobilen, och undrade hur det var i dag efter gårdagen, hon visste ju inte vad som hade hänt under kvällen i går.

- Jo, det är bara bra, sa Erik.
- Så bra, sa morsan.
- Erik, dom ringde från försäkringsbolaget och berättade att Polisen hittat min bil utanför Göteborg, och det var ju bra, sa morsan.

Med tanke på att du hade nycklarna i dina jeans Erik. Som morsa känns det bra att du inte är inblandad i detta med bilen, min son. Sen att du är så lojal mot din egen Morsa, är helt underbart Erik! Du är verkligen en son en morsa kan vara stolt över. Det känns så bra, att det inte går att beskriva, sa hon.

Erik förstod att hon bara var sarkastisk, och att hon ville fiska lite om gårdagen. Erik visste inte vad han skulle berätta eller säga till henne.

Han försökte bara få samtalet avslutat med sin morsa, men det verkade som om hon försökte hålla i gång det, genom att ställa ledande frågor, som var svåra att inte svara på för Erik.

Sen sa morsan att hon hade talat med hans övervakare, och hon ville gärna träffa honom, det var väl roligt, sa hon.

- Morsan! Sa Erik.

- Nu får du allt lägga ner snacket med min övervakare, och säga att hon ska komma till mig. Även om du menar väl morsan, är hon ju en övervakare som jobbar för staten.

- Erik. Jag förstår det, sa morsan.

- Jag vill bara du ska kunna få ett bra liv, nya kontakter, så det kan leda till ett arbete, och du blir en vanlig person som alla andra.

- Ja fattar det morsan, sa Erik.

Även om du vill att jag ska få nya och bra kontakter, så kan du inte skynda på det, som du gör nu.

- Varför det? Sa morsan.

- För att jag inte hinner med rent mentalt, sa Erik.

- Hur vill du göra då? Sa morsan.

- Jag vet inte. Svarade Erik.

Morsan blev nog lite sur och irriterad när Erik inte visste hur han ville göra med sitt nya liv.

För det kan ju inte vara så att man ska vara ute i kylan i 20 år, för att sedan bli normal på bara några veckor, så kan det ju inte vara, tänkte Erik.

Eriks morsa ville helt plötsligt avsluta samtalet, som nu tydligen hade blivit till Eriks fördel. De avslutade, med en massa frågor som troligen båda hade.

Ja. Det var ett märkligt samtal, tänkte Erik.

Klart morsan vill det bästa för mig, även om hon enligt mig, har lite bråttom med vissa saker, tänkte Erik.

Han tänkte på en liknande situation som hans morsa skulle kunna göra, för att förstå.

Erik tänkte följande:

I dag ska vi gå ut i skogen och driva in en skuld och skjuta av en person en knäskål.

Sen ska vi fika lite...

På eftermiddagen ska vi bara sätta lite vapenfett i pannan på en person, sen är vi lediga för dagen.

Det är ju en riktigt bra dag, morsan!

Tror nog hon hade förstått lite bättre då, tänkte Erik, och även om hon har goda avsikter, så blir det galet fel.

Det var svårt att se vad som skulle göras. Hans morsa ville ju bara göra livet bättre för sin son, och det var svårt att få detta att fungera.

Erik valde att titta i en tidning som morsan hade, för att kunna skingra sina tankar. Ja, det var mycket som han egentligen behövde tänka på, men just nu orkade inte Erik att engagera sig, han ville för stunden bara slappa, och inte bry sig för en gångs skull, även om det hade varit bra att göra.

Erik tittade lite i tidningar, och på någon film som morsan hade hemma.

Han somnade mitt i filmen, och vaknade av att någon låste upp ytterdörren.

Det måste ju vara morsan! Tänkte Erik. Som ännu inte hade vaknat riktigt.

Han hade bara öppnat ögonen, och satt kvar i fåtöljen utan att vilja resa sig ur den.

Det tog bara några sekunder, så ropade hans morsa att hon var hemma igen. Det tyckte Erik var bra, för nu kunde han sluta sina ögon igen och somna om. Han var så trött, och även om han visste att, om han somnade om igen, skulle det ge han sömnproblem på kvällen, då hade han snart vänt på dygnet, och det ville han inte göra, även det hade varit skönt att sova.

Hans morsa kom in i stora rummet, och pratade med sin son om något, som inte Erik hörde alls. Han nästan sov, men svarade henne med att bara mumla något, och hon hörde att han var dåligt vaken.

Efter vad Erik kunde höra gick morsan ut i köket, hans ögon var för tunga för att öppna, och just nu var det väl bättre att sova, eller bara slappa, efter allt Erik hade att tänka på, och med allt som hade hänt.

Kapitel 15

Erik somnade ett tag till, och hörde sin morsa ropa långt borta att maten var klar. Det luktade väldigt gott, tänkte Erik när han hade piggnat till. Undrar vad morsan hittat på nu. Det kan ju vara spännande att se och smaka, och det gjorde Erik nyfiken.

Morsan hade gjort kycklinggryta, och det tyckte Erik väldigt mycket om. Han var bara van vid kåkmaten, så det var extra gott att äta maten som morsan hade gjort.
Hon var generellt väldigt duktig på matlagning och det visste Erik om, och började vänja sig vid hennes mat. Hade det inte varit för att hon kunde vara jobbig ibland, så hade han gärna haft en bättre kontakt med sin morsa, som då kunde gjort mat till han varje dag. Hon kunde bara frysa in maten, och lägga den i hans frys.
Ja, det var en ju en bra tanke, tänkte Erik, men dock skulle inte min morsa gå med på det eftersom hon är en heltidsarbetande kvinna, men det hade varit bra, tyckte Erik.

De båda satte sig till bords och åt av maten, som smakade helt perfekt, och inte alls som den på kåken som Erik var van vid sedan många år, och där det sägs att maten är bra, även om den både är grå och smaklös.
Dom brukade säga att vi interner hade bättre mat än vad pensionärerna som byggt detta samhälle hade. Då kan man lugnt säga att det är totalt kvalificerat skitsnack, för skulle vi ha bättre mat än pensionärerna, så undrar jag hur deras mat ser ut och smakar, tänkte Erik som var fundersam.
När de hade ätit upp, dukade båda av bordet så inte

morsan behövde göra allt, tänkte Erik. Nu blev det att sitta i soffan och titta lite på tv.

Erik funderade på om hans morsa skulle ta upp vissa saker som hon hade funderat på, eller om hon bara skulle strunta i det, som om inget hade hänt. Nu trodde inte Erik att hon, skulle göra så efter den lapp hon hade skrivit, innan hon åkt till jobbet under morgonen.

Hans morsa kom och satte sig i soffan när hon var klar i köket, och hade satt in den mat i kylen som blev över. Erik ville inte ta upp något, för då fanns det en stor risk att hon hade börjat ställa frågor.

Ganska snart när hon hade satt sig i soffan började hon i alla fall ställa besvärliga frågor, och Erik kunde konstatera att det verkade som denna kväll skulle gå i frågornas tecken.

Morsan började fråga Erik, varför han hade kört bil när han inte får det längre.

Sen undrade hon ju varför jag sa att jag inte hade bilnycklarna, när de fanns i Eriks jeansficka?

- Hur kan det vara min son? Undrade morsan.

- Morsan, ja jag har kört bil eftersom jag behövde göra det, så jag kunde träffa kompisar, sa Erik.

- Men Erik, sa morsan.

Du vet ju att du inte får köra, ändå gör du det, och du har ju övervakning. Förstår du inte att din övervakare kan sätta in dej igen, säger hon.

- Jo det fattar jag, fast det gör hon inte, hon vet ju inget om detta. Så varför skulle hon vilja sätta in mig på kåken igen, frågade Erik.

- Så här är det Erik! Sa morsan.

Jag har bjudit hit din övervakare kl 18.00 i kväll, så att vi ska kunna reda ut detta, en gång för alla! Sa morsan.

- Morsan! Sa Erik.
- Du har tystnadsplikt och du kan ju inte säga något till en annan person, det går ju inte.
- Det stämmer min son, jag har total tystnadsplikt, men det har din övervakare också.
Hon arbetar i Svenska Kyrkan som Diakon, och din morsa är Kyrkoherde.
Vi kan inte gå till en tredje part med denna information som jag vet. När vi talar med varandra så blir det som sägs konfidentiellt, och frivården kan inte få den informationen. Även om din övervakare arbetar för frivården, så kan du säga att du vill tala med din Diakon, och då kan hon inte berätta för frivården vad hon vet, min son.
- Morsan! sa Erik.
Förstår du att det blir problem för mig om jag skulle berätta för min övervakare att jag kör bil, och även om hon inte kan berätta detta för frivården, så blir hon ju sur, och är troligen på mig mer aktivt, än vad hon varit innan.
- Ja förstår det min son!
Nu vill jag inte besöka dej på fler anstalter än jag gjort, och nu känner jag att du får välja sida, hur du ska göra med ditt liv.
- Så kan du inte göra morsan! Sa Erik.
- Jo, det kan jag, för jag har inte en son som jag har på kåken, och jag vill du ska förstå att det måste få ett slut någon gång i livet, därför kommer din övervakare kl 18.00, för att se vad vi kan göra.
Du kan välja att åka härifrån, eller så stannar du kvar så vi kan fixa detta på ett bra sätt, sa morsan.
- Åh skit! Tänkte Erik.

Hur ska han nu kunna hämnas på idioten, när två kvinnor tydligen talat ihop sig?Egentligen visste ju inte morsan om själva hämnden, utan bara om den olovliga körningen. Det var ju den som hade gjort att hon hade talat med övervakaren, och att han ljugit om bilnycklarna som Erik hade i sin jeans.

Eriks morsa visste ju inte mer, så det kanske gick att lösa trots allt, tänkte Erik.

Nu var klockan 18.00, och övervakaren kom vilken minut som helst, för att tala Erik tillrätta i detta ärende.

Erik tänkte för sig själv att den olovliga körningen inte var så allvarlig, så övervakaren hade behövt komma dit. Klockan var nu lite över sex, och övervakaren kom in genom dörren. Hon bad om ursäkt till Eriks morsa, som var hennes chef på arbetet, för att hon var lite sen, och förklarade att hon haft lite problem med sin bil, och därför var sen.

Hon gick in i tamburen och hängde av sig sina ytterkläder, för att sen gå in i stora rummet, där Erik och hans morsa satt.

Övervakaren hade satt sig i soffan, och Eriks morsa frågade vänligt övervakaren om resan hade gått bra. Det hade den, sa övervakaren.

- Så bra! sa morsan.

Nu började morsan berätta för Eriks övervakare vad som hade hänt, och hon missade troligen inte något i berättelsen, och avslutade den med att hon ville att hennes son skulle välja hur han ville leva sitt liv, nu och i framtiden.

- Ja du Erik…sa övervakaren.

Så du har kört bil? Det får du inte göra, det vet du. Så då har du ju brutit mot lagen i dubbel bemärkelse. Erik, du har övervakning, och jag ska se till att du inte bryter, eller håller på att bryta lagen, under din övervakning, ändå väljer du att göra det. Så min fråga är ganska given.

- Varför?

- Som jag sa till min morsa, var det för att träffa vänner typ… och det kunde jag inte göra utan att köra bil, svarade Erik sin övervakare.

- Nu är jag lite nyfiken av mig, men varför körde du inte hem bilen igen då, undrade övervakaren?

Sen undrar jag klart, hur du kom hem, och varför ringde försäkringsbolaget till din morsa om att dom hade hittat bilen som hade blivit anmäld?

-Vad konstigt, tyckte Eriks övervakare, som såg fundersam ut över hela situationen. Eriks morsa skruvade på sig, och även hon undrade hur allt gått till.

Nu väntade dem båda på ett bra svar från Erik, på hur det hade gått till, men han visste inte hur han skulle förklara det för dom.

Erik tänkte, att det var bäst att hålla vissa detaljer utanför denna berättelsen, för om han skulle säga allt till övervakaren så hade det blivit lås och bom igen.

Nu var det läge att tänka snabbt, så inte dessa kvinnor blir helt misstänksamma, och börjar pressa Erik med en massa frågor.

Erik valde att säga till dom att han inte kunde svara på dessa frågor utan att sätta en annan person i skiten.

- Erik! Sa morsan.

Nu får du allt bestämma dej! Det är ju bättre att du sätter en annan person i trångmål än dej själv, Erik.

- Nej, det är det inte alls, och det tänker jag inte göra, så ni vet.

- Erik! Sa övervakaren.

Om du säger så, ger du ju inte mig något val, och jag

måste agera som en övervakare ska göra. Jag måste ju sätta dej på häktet i avvaktan på beslut från frivården, det hoppas jag du förstår.

Eriks morsa tittade med svarta ögon på Eriks övervakare, som försökte få hennes son inlåst igen för att han eventuellt brutit mot lagen.
- Ska det behöva gå så långt Erik! sa morsan.
Det verkar så, sa Erik.
Eriks mamma ville tala med Eriks övervakare i enrum inne i köket, då hon ville veta vad som skulle hända.
Erik visste ju att det inte gick att bevisa att Erik stulit en bil, och att ha ett par bilnycklar är ju inte olagligt, även om de finns i hans jeans. Nu gällde det bara för Erik att hålla sig lugn, utan att brusa upp.

Kapitel 16

Morsan och övervakaren, kom ut från köket igen, och morsan förklarade att övervakaren ville ha sin rygg fri, och att Frivården fick avgöra vad som skulle hända med straffet.

Under tiden fick Erik sitta på häktet, och avvakta vad som skulle hända. Det behövdes ju inte någon häktningsförhandling då Erik redan var dömd, och fick bara sitta på häktet några dagar.

Så du vet min son, om du inte vill förklara vad som hänt, så övervakaren förstod.

- Nä du morsan, det kommer jag inte göra, så det får bli häktet för min del, sa Erik.

- Va! sa morsan.

Hur kan du välja häktet min son?

- Jo, jag gör det morsan, för jag säljer inte mina vänner, då sitter jag hellre, än gör det.

Övervakaren berättade att Polisen skulle köra dig till häktet, och där får du sitta under tiden som Frivården tar ett beslut om ditt straff.

- Det är lugnt, sa Erik.

Han började ställa in sig för att sitta på häktet. Det var ju lite annorlunda, nu när han skulle sitta på häktet. När man sitter där ses man som oskyldig tills Dom fallit, och fått laga kraft som det heter.

Nu var inte Erik häktad i lagens mening, men fick sitta där medan Frivården, och eventuellt Placerings enheten tagit beslut, om vilken kåk Erik skulle sitta på.

Övervakaren ringde till Polisen, hon ville få sin klient hämtad upp till häktet, då han brutit mot lagen när

han hade övervakning. Nu var det inte mer att göra än att
vänta på snuten som skulle komma och hämta Erik, för att
ta han till häktet, som skulle vara en historisk del i hans
liv.
Nu var tydligen inte denna resa färdig, då han skulle upp
på häktet igen, och Erik kunde rutinerna, som fanns på
häktet, så det skulle inte bli så dramatiskt, och övervaka-
ren hade ringt till häktet, så de visste hur allt låg till.

När man som person avtjänar sitt straff, kan man åka till-
baka till häktet utan häktningsförhandling i en Tingsrätt,
då har man inte samma rättigheter som andra personer
har. Det var något som Erik visste, och gjorde inte så stor
sak av det.

Efter knappt en timme kom snutarna för att hämta Erik.
Det var en plats han verkligen kände till, och visste hur
allt fungerade varje dag, och nu visste ju plitarna på häk-
tet, att det skulle komma en person som kunde rutinerna.
Snutarna som hade kommit för att hämta Erik kände ju
han. Han var inte direkt okänd hos snutarna, och det var
ju klart att de undrade varför de skulle hämta denna gamla
busen?
Morsan och övervakaren hade en blick, där de
hoppades på att Erik skulle förklara varför han hade gjort,
som han hade gjorde, men det var totalt onödigt då Erik
tyckte att han skulle få komma hem igen, och där det
fanns ett regelverk som han verkligen kunde.
Många personer hade säkert varit ångerfulla eller ledsna
över att det blivit såhär. Det var definitivt inte Erik, för
han var på väg mot häktet som mer kändes som ett hem,
tyvärr.

Erik såg att hans morsan torkade sina tårar som fanns på
sin kind. Det var tungt att se sin egen morsa ledsen, men

Erik sålde inte sina vänner så lätt, och definitivt inte för några tårar.

Snutarna stod och talade med Eriks övervakare, när de satte honom i bilen. Dörrarna var låsta så inte Erik kunde komma ut. De stod några minuter och pratade med varandra, förmodligen om varför Erik skulle upp på häktet igen. Den ena snuten hade stor erfarenhet av Eriks karriär i det kriminella träsket, och undrade säkert varför han skulle dit igen, när Erik hade sagt att han skulle sluta med detta skitet, en gång för alla.

Snuten såg verkligen både besviken och frågande ut på samma gång, när Erik tittade på honom från baksätet på polisbilen han nu satt i.

Snuten Anton hade förmodligen hoppats på att aldrig behöva se Erik i en snutbil igen.

Nu visste ju inte Erik med säkerhet om snuten Anton hade dessa förhoppningar, det var rena gissningar från Eriks sida, men han såg besviken ut i sin blick.

När övervakaren och snuten efter 5 minuter hade talat färdigt, hoppade snutarna in i bilen, och medan den ena startade bilen, passade snuten Anton som satt på passagerarsidan på att ställa lite frågor till Erik om vad som hade hänt.

Erik tänkte att det visste han väldigt väl, då han hade pratat med Eriks övervakare, nu ville han troligen bara höra Eriks berättelse, om han fick fram något…

Som vanligt ville inte Erik berätta något för en snut, då det inte ens fanns på kartan, även om snuten Anton ville veta Eriks historia. Nu märkte snuten att inte det gick att få någon information från Erik, fast det visste han nog redan från början, men han fortsatte att försöka att få någon information, utan framgång.

Snuten ändrade då strategi, och berättade lite om sig själv, och hur polisen såg på buset.

Snuten Anton berättade att de inte hade någon respekt för de små busarna, eller narkomaner som är helt opålitliga, och där deras svar styrs av hur mycket droger de har i kroppen, och att det inte vill lämna information när de har droger i sin kropp.Efter några dagar i en cell utan droger, så vill de gärna berätta hur allt låg till, och de vill gärna sätta dit en massa personer, som de inte vill ha med att göra, och det vet vi Poliser, som han sa.

Erik tänkte för sig själv, att det är därför vi riktiga busar inte vill ha med horsare att göra, när de inte kan få en psykedelisk tripp, då blir dessa personer mycket opålitliga. När sådana psykedeliska effekter är syn- och hörselförändringar, hallucinationer, sammanblandning av sinnena, starka skönhetsupplevelser, upplösning av jaget, och en känsla av enhet, religiösa upplevelser och konfrontationer med det undermedvetna. Psykedeliska rus är ofta mycket intensiva, med ett ständigt flöde av färger, tankar och känslor. Då börjar verkligen en sådan person sjunga som en dålig kanariefågel, så därför gör vi organiserade busar inte business med dessa opålitliga personer.

-Vi poliser har verkligen respekt för er gamla busar, som har hållit på med organiserad brottlighet, ni busar vet att spelet är över när ni blir gripna.

- Ja, sa Erik, vi skulle inte ens göra motstånd när vi har insett att spelet är över.

- Nä!Jag vet, sa snuten Anton.

- Erik? Sa snuten Anton.
- Ja, sa Erik.

Din Övervakare sa att det var något med en hammare som du hade slängt, stämmer det?
- Inte en aning, sa Erik.
- Jaså, sa snuten Anton.
- Erik, sa snuten Anton, varför har du den attityden när du har slutat med den skitet? Undrade han.
- Anton, du vet jag inte vill prata om detta, och nu försöker du igen, jag är inte någon nybörjare, så ge upp är du snäll, sa Erik.
- Jag märker att ränderna sitter i, sa snuten Anton med en blick som verkade irriterad, som Erik såg i backspegeln, ifrån där han satt i baksätet.
Nu var vi framme vid häktet, och snutbilen stod framför grinden som centralvakten skulle öppna inifrån, så det tog lite tid innan Erik var inne på häktet.

De flesta hade förmodligen fått lite högre puls när de visste att de skulle in här, det var inget Erik led av, han tyckte bara det skulle bli skönt så han kunde koppla av, och sova lite.
Så jäkla konstig man är som person, tänkte Erik. När alla andra hyperventilerar så tycker jag bara det ska bli skönt, och vill bara sova, andra skulle vrida sig och inte sova alls. Ja, tänkte Erik, något fel är det nog på mig, när jag tänker så.
Nu öppnade centralvakten grinden, och snutbilen körde in i garaget som låg innanför grinden. Där gick upp en garageport så snutbilen kunde köra in. Dörrarna öppnar inte snutarna, så länge garageporten var öppen, för hypotetiskt

sett kan ju busen rymma, och det ville inte myndigheten.
Nu visste Erik om rutinen och satt bara lugnt i bilen, när

snutarna gjorde sitt jobb och följde de regler som fanns. När garageporten var nere så öppnade snutarna dörrarna, och Erik kunde gå av bilen, och gå in på baksidan av polisstationen som han nu befann sig på.
En snut gick framför honom, och en bakom honom, och de gick till hissen som skulle ta han upp till häktet på 5:e våningen.

När de kom upp på möttes Erik av plitar han verkligen kände, och dom såg frågande ut när han kom dit igen.
Erik hörde hur den kvinnliga pliten sucka över att han var tillbaka, och de såg säkert det som ett stort misslyckande, och det var inte i linje med kriminalvårdens riktlinjer direkt.
- Men Erik, sa den kvinnliga pliten, vad gör du här!?
-Ja, sa Erik, jag skulle bara checka läget lite, så allt stod rätt till, med glimten i ögat.
- Erik, du kan då skoja om saker som andra personer hade gråtit för, sa den kvinnliga pliten.
- Ja, lite roligt ska man ju kunna ha, sa Erik.
- Ja, du är dej lik, sa den kvinnliga pliten.

Gå in i rummet så vi kan skriva upp dina saker, och lägga de i ett säkerhetsskåp, sen ska du få nya kläder, sa den manliga pliten med en barsk ton i sitt röstläge.
- Har du PMS jävla plit? Jag trodde inte du som man kunde ha det, men tydligen.
- Erik, lägg av nu! Sa den kvinnliga pliten. Hon förstod att den manliga pliten, och Erik gick på kollisionskurs med varandra.
Den kvinnliga pliten bad sin manliga kollega att byta med en annan plit, annars skulle det inte bli bra.

Kapitel 17

Erik var redan på dåligt humör på grund av denna jävla plit. Nu var läget ganska spänt mellan dessa två, och det var ett under att det inte gick till handgemäng.

Den manliga pliten gick ut från rummet och det kom snart in en ny plit i rummet, då plitarna inte fick göra "ENSAMARBETE", det är för säkerhetens skull som det fanns i kriminalvårdens regelverk.

Så egentligen fick inte den kvinnliga pliten vara själv med Erik, men så blev det en stund, innan den nya pliten skulle komma in.

Nu var de två igen, och Erik tyckte att den nya pliten var lite bättre, men det var svårt att veta, när det gått så lite tid. Han verkade ha ett lite vänligare sätt än den förra, det var i alla fall det intrycket som för tillfället var hos Erik.

Nu höll den nya pliten på att gå igenom Eriks plånbok och vad som fanns där, för det skulle registreras, och det Erik skulle få ett papper på, som han hade skrivit under.

För när han sedan skulle lämna häktet skulle alla saker som stod på pappret finnas kvar, så man visste att inget hade försvunnit.

Erik stod i säkerhetsrummet, och hade bytt om till kriminalvårdens kläder som det stod KV på, vill säga Kriminalvården, och som tidigare hette Kriminalvårds verket, och då stod det KVV.

Nu stod Erik med två plitar i rummet som var ganska litet. Där fanns två bänkar till höger, och framför dessa stod det en skiljevägg med ett litet bord, sedan var det en massa skåp som var säkerhetsskåp.

Det fanns en dörr som gick till typ ett lager, och till vänster var det en toalett som den intagne kunde använda vid behov, sedan var det bara den dörr som gick ut igen, så det var ett ganska litet rum.

Precis när Erik stod och väntade, så kom plitjävlen som Erik inte gillade.

Han gick in i rummet och tittade på Erik och sa

-Är det inte återfalls förbrytaren?

Dessa ord var inte alls smart att säga till Erik. Nu hände det saker i Erik, han blev riktigt förbannad på den jävla pliten. Han hoppade över skiljeväggen för att kunna nita den pliten ordentligt genom att komma nära honom. När han hade kommit nära så fick den pliten ett par riktiga smällar, som Erik tyckte att han mer än väl var värd, och ville inte sluta att slå på den dåren. Han behövde verkligen lära sig en läxa från den gamla skolan.

Den kvinnliga pliten skrek högt på Erik att sluta att slå honom, och hon utlöste samtidigt det överfallslarm som de hade på skjortan. Det kom väldigt många plitar springande, som skulle få bort Erik från den utsatta pliten som Erik slog konstant hela tiden. En av plitarna som kom in i rummet hade tagit fram sin ASP-batong som han slog på Eriks ben, och det gjorde ju bara Erik mer förbannad, som nu ursinnigt slog på pliten.

Nu var det 5 plitar i rummet och det blev svårt för Erik att fortsätta när de var så många. De lyfte bort Erik från pliten som fick ta emot smällarna, och samtidigt fick Erik ta emot nya smällar från denna ASP-batong, och det gjorde förbannat ont.

Dörren rycktes upp och in kom VB: n, som också var riktig arg på situationen som uppkommit, på hans häkte. Han ville att alla kolleger skulle lämna rummet, och det var ju konstigt, tyckte Erik, då ingen får göra ensamarbete? Men nu ville han tydligen att dessa skulle lämna rummet, märkligt, tänkte Erik.

Erik satt på den ena bänken med handfängsel bakom sin rygg, och i det läget fick ju bara handfängslen sitta, om situationen krävde det, och Erik hade ju varit aggressiv mot pliten. Han hade dessutom inga snygga papper, som sa att han var antisocial, och extremt våldsam om det behövdes.

Han hade inga problem med våld, även om detta med våld blivit bättre.

Nu hade de andra plitarna lämnat rummet, och VB: n frågade om Erik hade lugnat sig, för då kunde han låsa upp handbojorna? Det rann blod från hans nästa, och lite från hans underläpp, sen han slogs med pliten. - Vi har ju många år tillsammans på varsin sida om lagen, men vi har ju byggt upp ett slags förtroende mot varandra, så vad säger du Erik?
- Ja, sa Erik, det är helt lugnt.
- Vad hände? Sa VB: n. som nu började låsa upp Eriks handbojor, så han kunde torka bort blodet som rann.
- Alltså den pliten är inte ens torr bakom öronen, och var en riktig paragrafryttare som skulle vara kaxig och hålla sig till regelverket. Då blir jag förbannad, om han inte ens kan visa lite fingertoppskänsla. Hur fan ska det då fungera. Han hade ju knappt fått sin första blöja när jag var i kriminalvårdens rullar, och jag kunde ju vara hans pappa! Så jäkla kaxig var den dåren.

– Hallå, sa VB: n det är min kollega du talar om.
- Ja, du fattar vad jag menar, sa Erik.
- Jo, det gör ja, sa VB: n.
- Du förstår att den kriminalvårdaren måste skriva en rapport om det inträffade Erik?
- Ja, det gör jag.

- Ja, för denna händelse kommer att stå i dina papper, att du har gjort dej skyldig till grov misshandel av tjänsteman med vittne till händelsen, och det är inte alls bra för dej Erik.
- Ja, men han var en riktig paragrafryttare, så vad skulle jag göra då? Klart han skulle ha en smäll!
- Men Erik, det är ju bara du som drabbas av detta, och du tycks inte ens bry dej, så varför ska jag göra det, sa VB:n som var villig att flytta honom till ett annat häkte omgående.
- Ska du flytta mig? När det var den idioten som var kaxig mot mig! Det verkar ju helt fel! Sa Erik.
- Nu är det ju jag som bestämmer det, inte du Erik, och anser jag det nödvändigt, kan jag flytta dej på grund av säkerheten, som ska kunna upprätthållas utan grund.
- Klart du kan göra det! Sa Erik. Ni skyller ju alltid på säkerheten, då kan ni göra hur ni vill, knappas något nytt, sa Erik som kände sig lite irriterad över VB:ns ord om säkerheten...

- Jag ska ta dej till din cell du ska sitta i Erik, och eftersom du ännu en gång inom kriminalvården varit våldsam kommer du få sitta på isoleringen.
- Va??! Sa Erik.
- Ja, sa VB: n, det förstår du säkert, du är verkligen inte någon som är på sin Jungfruresa, snarare på din refräng inom kriminalvården. Så det blir isoleringen för din del Erik.
- Det var ju kul, sa Erik, irriterad på att bli bestraffad för plitjävlens uttalande. Men Erik var inte förvånad över kriminalvårdens agerande. Mycket vanligt med kollektiv bestraffning inom myndigheten, tänkte Erik som funderade på var han skulle sitta, då han hade varit på det häktet

flera gånger genom åren.

- Då går vi, sa VB:n, och Erik reste sig upp, jag måste sätta handbojor på dej, då du varit väldigt aggressiv mot den anställde. Erik satte fram sina händer ihop, och väntade på att han skulle sätta på handbojorna igen.

VB: n satte på handbojorna lite löst, mer symboliskt, tänkte Erik, sedan tryckte VB: n ner den lilla pinnen som sitter på handbojorna, som gör att handbojorna inte kan tryckas ihop och krama på handlederna, sen gick de båda två ut genom dörren.

Kapitel 18

Nu kände Erik att rutinerna satt i ryggraden då han automatisk stannade utanför dörren när VB: n låste dörren till säkerhetrummet, sen gick de bara runt hörnan, och där var plitkuren där alla plitarna satt.

När de skulle gå förbi den expeditionen möttes plitens och Eriks blickar, och sen var det igång igen. Erik stod precis utanför expedition och fullständigt slet i dörren där pliten var, nu var denna dörr låst, och plitjävlen ville inte komma ut. Det kom andra plitar inne från G-Avdelningen (Gemenskapsavdelningen) springande och skulle hjälpa VB:n att få in Erik på Isoleringen. De var tre man, som försökte få bort Erik från dörren där plitarna satt. Erik var asförbannad på det åla huvudet som var där inne. VB:n sa till Erik att han verkligen skulle lugna ner sig, om han ville stanna kvar på häktet, annars blir det ett helt annat häkte för din räkning, och det vore inte alls bra för dej. Erik försökte vara lite lugnare, men såg helt rött när han såg pliten, som hade förstått att Erik och han inte gick så bra ihop.

De drog bort Erik från dörren, medan en plit låste upp nästa dörr till korridoren som skiljde de olika avdelningarna åt. Ett häkte har tre olika nivåer på avdelningar. Nu skulle Erik till Isolerings avdelningen, som var längst bort i korridoren och på vägen dit gick de förbi en cell som var helt i glas, där satt personer som kunde skada sig själva under avtändningen, eller om de inte gick att hantera för plitarna så kunde en sådan person bli fastspänd i sängen som fanns, med remmar. Sedan satt en

kriminalvårdare utanför cellen.

Det var i regel en läkare som tog ett sådant beslut om en

person skulle spännas fast. VB:n tyckte inte att Erik skulle vara fastspänd fast han hade varit lite för stökig för VB: s smak. Erik fick sitta i en isoleringscell, och lugna ner sig och tänka över sina synder, tyckte VB:n.

Nu var VB:n framme vid isoleringcellen Erik skulle sitta i, och det var en känsla som kom till Erik när han låste upp cellen. Han fick ett lugn i sin kropp, och en hem-känsla som inte var bra att ha, och även om han hade varit på häktet flertalet gånger, så blev det samtidigt en väldigt konstig känsla att få, tyckte Erik.

Att bara höra järndörren slå igen och låsas bakom sig, skapade en viss känsla som han inte kunde beskriva. En cell är inte så stor, men den var mysigt liten, enligt Erik, som kände att han var hemma i sin etta.

Han satte sig på sängkanten och tittade på cellen, som han säkert hade gjort många gånger under dessa år. Då börja-de alla tankar som han hade, och hur illa han tyckte att han gjort sin morsa, och dessa tankar var inte så roliga, även om han insåg att det inte fanns några andra lösningar att ta till, om han inte ville sälja sin vän, Tobbe. Att sälja sin vän var inte alls aktuellt, och var definitivt inte någon lösning.

Erik hade ingct att göra, då syftet säkert var att han skulle ta det lite lugnt. Han kunde ju inte göra mer än att ligga på sängen som fanns i hans cell, något annat var svårt att göra. När Erik låg där i sin cell, tänkte han på de så kalla-de "UNGTUPPARNA" som gjorde sin första gång på häktet, och där det inte fanns nåt att göra på dagarna. När de kanske skulle sitta en längre tid där, var det inte så konstigt att de bröt ihop, om de var svaga personer, när de var vana att stå i centrum hos sina kompisar, och verkade väldigt tuffa mot dessa.

Ja, Erik hade en massa olika tankar om livet, och inte minst på sin morsa.

Han tänkte, att man måste ha kaos i själen för att föda en krigare, och för att kunna genomföra det man tänkt, även om det gör ont och smärtar sin själ.

Hans morsa skulle nog uppskattat att Erik sagt det direkt till henne, men det var svårt för Erik att genomföra det.

Han försökte verkligen att få en konstruktiv lösning, men det var svårt att få till.

Erik skulle vara på häktet i max 72 timmar, och att bara få morsan att komma hit, skulle innebära att en samtyckes-blankett måste skickas hem till henne. Det hade ju inte blivit färdigt innan han skulle åka till en kåk, då det tar två till tre dagar. Vidare ska VB:n handlägga ärendet med samtycke om besök och uppgivet telefonnummer, så det var inte ens lönt, tyckte Erik.

Det var någon som öppnade inspektionsluckan till cellen och undrade om han ville ha någon mat.

Nu hade VB:n, och en plit kommit till hans cell och gav han lite kvällsmat, och en termos med tre plastförpack-ningar kaffe som han skulle ha på sin cell.

Ja, då var det som vanligt igen, tänkte Erik.

Pliten hade en liten vagn med bröd, pålägg och andra drycker som den intagne kunde ha på sin cell. Erik gick ut och tog lite av varje som fanns på vagnen. Där var ju inte så mycket eftersom Erik hade kommit under dagen, så de hade ringt ner till köket och förmodligen sagt att dom skulle ta lite av varje på vagnen.

Erik hade tagit lite av allt på vagnen, och gick in till sin cell igen, och plitarna passade på att säga godnatt, då des sa skulle gå hem innan nattpersonalen kom dit.

Nu satt Erik och åt sin mat, han hade ju fått en Tv på sin cell så den dumburken höll han ju sällskap under tiden han åt.

Han tänkte på allt dåligt han hade gjort under tiden som han varit aktiv, han ville helst glömma detta, även om platsen i sig själv gjorde det svårt att glömma dessa tråkiga år.

Ja, det var ju inget man kunde göra åt saken, det var bara för Erik att acceptera situationen. För han som var rutinerad på detta, var det bara att vänta på att nattpersonalen skulle komma, och att han skulle borsta sina tänder, och göra sig klar för natten, när kvällen gick mot sitt slut. Nattpersonalen kom, och sa godnatt till alla, och nu var dagen slut. Erik kände sig lite rastlös, och hade svårt att sova, nu när han åter var tillbaka på häktet, men somnade till sist efter många om och men.

Nu var det en ny dag att ta kål på, och plitarna kom med frukosten som vanligt, och när Erik hade ätit den så började dagen.

Plitarna kom för att hämta brickor, tallrikar och bestick som var använda av de intagna.

Samtidigt som en plit samlade in tallrikarna frågade han om Erik kunde tänka sig SAMSITTA med en gröngöling.

- Är det en som gör sin jungfruresa, eller är han bara ledsen, och längtar efter sin mamma, frågade Erik muntert.

- Ja du Erik, han längtar säkert hem, sa han leende, fast skulle du kunna samsitta med honom, Erik?

- Ja det kan jag väl göra, om han skulle må bättre av det.
- Vad bra, sa pliten, och låste Eriks cell och gick igen.

Kapitel 19

Efter en halvtimme kom pliten med den person som skulle samsitta med Erik. Det första intrycket Erik fick av denna person som kom in i hans cell, var att han verkade väldigt gammal, och det tycktes inte vara första gången han var på ett häkte. Erik hade redan funderingar på denna personen när han bara kommit in i cellen.

Erik hälsade på honom, och han sa han hette André, och det var första gången han var på ett häkte.

Han vill gärna glömma tiden här, och kan man samsitta är det ju ett bra sätt att kunna vara normal.

Erik tyckte han pratade lite väl mycket för att må dåligt och ha hemlängtan. Sen var ju den där André minst 50 år, så grå som han var. Hela hans hår var ganska grått, och även hans getskägg på hakan var lite grått. Erik tyckte det verkade svårt att tala med denna personen. Han uppträdde märkligt, och i vanliga fall frågar man vad den andra busen som man samsitter med har gjort, för att sitta på häktet.

Dessa frågor ställde inte alls André till Erik, och bara ett sådant agerande var väldigt konstigt.

André var en ganska pratglad person, som Erik fick väldigt dåliga vibbar av. André berättade att han var häktad för att han troligen var misstänkt för att ha slagit en annan manlig person.

Erik undrade om det var ett krogslagsmål, och ville veta vad det rörde sig om.

– Ja, något sådant var det, sa André som samtidigt tittade på Erik, för att se hur han reagerade. Detta gjorde det inte lättare för han att lita på André. Det var något med denna personen, och just nu visste inte Erik hur han skulle agera på sättet som André hade. Erik frågade vilka kåkar han hade suttit på, och han sa, att han inte hade suttit innan.

- Det här är första gången jag är häktad, sa André.

Ja, det verkar som att han håller sig till sanningen, eller en intränad historia. Erik hade för stunden svårt att veta hur han skulle hantera denna personen, som hade kommit in i hans liv.

André frågade aldrig vad Erik hade gjort, eller gjorde en antydan till det, Han verkade vara en väldigt speciell person, tyckte Erik. Hur det kunde vara så, undrade han, som verkligen var förvånad över hur han uppträdde, och var rent av skum, mycket skum. Det blev mer att dom talade om vardagliga saker, och om hur maten på häktet var.

Det var ganska intetsägande diskussioner som verkligen inte gav ett skit för Erik. André satt på en bänk som satt ihop med sängen. De hade fått in en stol av plitarna under tiden som de samsatt, så det kunde spela ett spel, eller bara sitta mittemot varandra.

Erik försökte analysera André utan han skulle märka det, men även han höll på med något, och Erik märkte att han tittade lite väl ofta.

För att må dåligt så var han ju ganska skärpt, frågan var bara varför det var så, och det visste ju inte Erik precis för stunden.

De satt och småsnackade under några timmar, och snart var det dags att runda av. När plitarna kom till cellen, och sa att vi skulle sluta inom 5 minuter, var det åter dags för André att bli hämtad till sin cell igen. De båda tystnade när plitarna var där, och de insåg att samsittningen gick mot sitt slut. André började resa sig från bänken han satt på, och gick mot celldörren för att vänta på att plitarna skulle komma till cellen.

Konstigt, en sådan grej gör man inte om man mår dåligt, då vill man ju prata så länge som möjligt, istället för att gå och vänta vid celldörren, tänkte Erik.

André var precis, som det här med häktningen inte alls något problem, som han hade sagt, när han kom till Eriks cell.

Det var en jobbig känsla hos Erik, han kunde inte se, eller förstå varför André gjorde som han hade gjort under dagen, även om Erik såg han mer som en person som gjorde sin jungfruresa, och sådana personer kunde uppföra sig märkligt, var det något som inte stämde med denna personen. Enligt han själv mådde han dåligt, men hans sätt sa något helt annat, tyckte Erik som var väldigt fundersam. Pliten kom för att hämta André till hans cell, det hördes att pliten höll på att låsa upp celldörren, och André stod precis innanför och väntade snällt.

Erik tyckte han uppvisade en snäll sida mot plitarna, och bara det var konstigt. I det stora hela tyckte Erik att André var både trevlig och snäll mot plitarna.

Nu fick dessa funderingar endast stanna kvar hos Erik, även om han hade viljat veta hur det låg till, så fick det bli endast tankar. Nu hade pliten låst upp celldörren så André kunde gå ut. Det sa, HEJ DÅ till varandra, och pliten låste igen.

Erik hörde hur André och pliten pratade med varandra, något en gammal buse aldrig hade gjort. Det var tydliga regler som sa att man aldrig pratar med en plit. Nu gjorde ju André det, och även om han var en oskuld på häktet fanns det ju saker man aldrig gjorde.

Erik kände att han ville ge ett tecken till André så han skulle sluta snacka med pliten. Nu såg inte André och

Erik varandra, så det hade ju inte gått att ge han ett tecken när läget var så, men Erik hade den känslan, och skulle säga till honom om tillfälle gavs, och det hoppades han verkligen.

Nu skulle ju snart plitarna komma med middagen, och dagen hade rullat på i ganska bra fart, och även om Erik hade haft sina tankar om André, så hade dagen gått. Det var ett tag till middagen kom, och Erik funderade på om Tobbe hade ringt på hans mobil, under tiden han hade varit på häktet. Han var ju från den gamla skolan, så han utgick från att det blivit "Strul på linjen" om den andra busen inte hört av sig.

Man ringer inte upp, och frågar andra personer om dom visste vad som hänt direkt. Då utgår man från, att det blivit strul, och då väntar man tills den andre busen ska höra av sig på något sätt, när han kan det.

Sådana saker är helt oskrivna regler, och de vet man som en gammal buse. När man spelar i den ligan chansar man aldrig, och tar inte saker för givet när saker blivit fel eller försvårat.

Så det var kanske inte så konstigt att Erik var som han var, och hade sina värderingar som troligen inte vanliga personer tyckte om. Det var dags att äta middag, och Erik fick gå ut till matvagnen och hämta sin mat. Där fanns mycket mat, det var två vagnar fulla.

Erik förstod, varför alla A-lagare ville vara inne på vintern, de får ju både mat, och tak över huvudet under hela vintern, för att inte tala om all mat de hade. De var mat tre gånger om dagen, och tv med alla förnödenheter som en person kunde behöva. Så det var ju klart dom ville få tak över huvudet under hösten och vintern.

Kapitel 20

Erik gick in i sin cell med sin mat, och satte sig ner. Det var onekligt något som gjorde att han hade svårt att släppa funderingarna runt André. Det stämde bara inte med hans agerande, hur det nu kunde vara så.

Erik hade en liknande känsla som han hade på den där Fru Watson, som han inte heller kunde sätta pricken över I:et på. Erik började själv ifrågasätta sina egna funderingar, och undrade om ordet paranoid blivit ett faktum för honom.

Han åt upp sin mat och väntade på att plitarna åter skulle hämta disken som blivit. Det kändes som dagen var slut, även om det var en hel kväll att slå hål på. Han hörde att plitarna höll på att samla in disken, och snart kom plitarna och låste upp celldörren, så Erik kunde skicka ut disken igen. Erik kände ju de flesta plitarna på häktet, och det blev lite snack om saker som inte var viktiga, det var väl mer ett socialt snack, än att det fanns någon substans i samtalet. Plitarna tog disken, och bara efter någon minut så var Eriks celldörr låst igen när plitarna bara gjorde sitt arbete som de gjorde varje dag, och den personen som var häktad, var säkert glad att plitarna kom, och bröt tystnaden, om så bara för någon minut.

Förmodligen räddade det säkert många från att gå i sönder inombords och psykiskt, tänkte Erik som trodde många led av att vara häktade.Alla måltider var ganska lika, och snart hade plitarna delat ut samtliga måltider för dagen. Erik tittade lite på tv, och funderade på vad han skulle göra på sin andra dag, på häktet.

Erik hade nästan inget att göra eller att fundera på, mer än den där André som var udda inom kåkvärlden, och passa de inte direkt in så som han var mot plitarna.

André var svår att glömma, och även om Erik gärna ville göra det, så på något konstigt sätt fanns han ändå i Eriks tankar och funderingar numera.

Nu hade ju inte Erik någon större lust att fundera på André längre, och började göra sig iordning för natten, och gick runt lite i cellen. Det fanns inte någon toalett i cellen, bara en flaska i plast (anka)man kunde pissa i på natten om man behövde, och sen fanns det en vask i rost-fritt, och en rostfri plåt som skulle vara en spegel som satt fast med skruvar i varje hörn så inte denna kunde bli ett vapen för plitarna.

För Erik var det inget nytt, men det skulle vara det för André, eftersom han aldrig suttit på häktet innan.

Erik gick till sitt skrivbord, och det var då, när han tittade ut genom dessa dubbelfönster, han såg André gå på parke-ringen nedanför. Va? Tänkte Erik!

Har dom släppt den gubbfan? Jaja, det var ju roligt, tänkte Erik, som insåg att han var en Svensson, och hade släppt honom och hoppades att det skulle gå bra för honom.

Erik valde att gå och lägga sig för natten, för när man sover får man ju bara halva straffet, rent tidsmässigt.

På morgonen kom plitarna, sa godmorgon och låste cell-dörren igen.

Jaha, tänkte Erik, nu hade tydligen dag två på häktet bör-jat, och han väntade på plitarna som skulle komma med frukosten, så han kunde säga till dom att han behövde tömma flaskan på toaletten. Han var tvungen att pissa under natten, så han måste tömma flaskan, för nu såg det mer ut som ett dåligt årgångsvin, och var nästan svart i flaskan.

Plitarna kom med frukosten, och Erik sa till om att han behövde tömma flaskan.

- Det går bra, sa plitarna. Sen undrar vi om du vill samsitta med en nybörjare idag?
- I dag med! Sa Erik. Ja, det ska nog gå bra.
Plitarna såg glada ut för att han ville samsitta med en nybörjare inom kriminalvården, tänkte Erik.

När Erik hade ätit sin frukost väntade han på att plitarna skulle komma och hämta brickan. Det var någon som låste upp celldörren, och Erik trodde det var någon som skulle hämta brickan, men det var en annan plit som skulle gå med Erik, så han kunde tömma flaskan på toaletten.
Väl framme på toaletten fick Erik hälla ut nattens vätskor, och den luktade ju inte hallon direkt, så det var en mycket dålig upplevelse, för Erik. När han hade tömt flaskan gick pliten tillbaka med honom till cellen. Nu var det inte mycket mer att göra än att vänta på att nästa samsittning blev av. Det var ju en person som tydligen ville bryta den tystnaden som fanns på häktet, och förmodligen ville må bättre än just nu.

Erik tyckte det var ett spännande inslag i denna gråa värld att få träffa en ny person, som fick se vad det innebar att sitta på häktescellen. Nu visste inte Erik vem som skulle komma, eftersom personer skulle ses som oskyldiga till de var dömda. Nu var inte den personen som skulle komma till cellen dömd så plitarna kunde ju inte säga vem det var.
Precis efter lunch,vid 13.00 tiden var det en plit vid hans cell, som höll på att låsa upp. Det var dags för samsittningen, och Erik var ganska nyfiken på hur den killen som skulle komma var som person. Nu öppnade pliten cellen, och det var André som kom in, och det gjorde verkligen Erik förvånad. Hur fan kunde denna svartfoten komma in på häktet igen?

Var André en Infiltratör? Eller vad var den gubben!?
Erik valde att vara som vanligt, han visste ju inte vad syftet var, och varför denna svartfot kommit tillbaka.
Skulle Erik kunna ta reda på hans riktiga ärende var han tvungen att spela med i detta spel, som han inte visste reglerna på. Nog för det hela hade blivit betydligare intressantare är en samsittning. Nu ville Erik gärna veta vad det handlade om, och även om André spelade en intagen som aldrig varit på ett häkte, så förstod ju Erik att ändamålet från hans sida var helt annat än nu.

André talade lite om sin familj, och tyckte han hade gjort något som hans familj fick ta straffet för. Sen sa han att han ångrade detta grymt mycket. Han förstod inte hur han kunde utsätta sin familj för detta, där han satt på ett häkte.
- Nej! Det är ju jobbigt, sa Erik. Som inte visste om den omtalade familjen fanns på riktigt, han hade väldigt svårt att tro på det som André sa, även om det verkade äkta för stunden. André verkade verklig, men ändå väldigt overklig, då han troligen berättade en sak som han hade tränat in.
André frågade Erik vad han satt för, och om han hade något nytt på gång efter häktningen? Nu börjar han, tänkte Erik.

Kapitel 21

Erik valde att testa den här gubben och berättade saker
som aldrig skulle inträffa, men som förmodligen André
kunde säga till sina snut kollegor.

– Jaså, sa André du har mycket att göra när du kommer ut.
Tror du att planerna kommer gå i lås då? Frågade André.

- Ja, det är klart! Sa Erik.
Vi kommer göra grova pengar på stöten, och det bästa är
att snutarna kommer springa runt som yra höns, och inte
förstå varför de sakerna har försvunnit.

- Jaja, jag fattar sa André, som troligen kommer
berätta detta för sina kollegor. Erik tyckte det hela
började bli en rolig grej.

- Hur kan det vara så att inte poliserna tänkt på det, sa
André.

- Nä, det har dom inte, för dom är lika kloka som frysta
fiskpinnar, sa Erik.

- Jaja, du har säkert rätt på den punkten…
André hade sagt saker, som en buse aldrig skulle säga,
och det reagerade Erik på. Andre´ sa olovlig körning i
stället för att köra utan körkort, sen sa han Polis och inte
snut. Det var precis då det omöjliga inträffade, det kom en
plit, och avbröt samsittningen, och han förklarade att det
hade hänt en incident, och han var tvungen att be André
gå tillbaka till sin cell.

Erik såg på André att han tittade med en blick som var
väldigt frågande på pliten som var i cellen.
Alla hade sagt att de ville fortsätta med samsittning, men
inte André, som snällt gick med pliten direkt.
Var jäkla konstigt, varför gör han så? Tänkte Erik.

De båda gick ut från cellen, och pliten låste. André hade ett väldigt udda sätt mot plitarna, Erik var säker på att han arbetade inom polismyndigheten, men visste ju inte vilken position han hade. Om han nu var en snutjävel av någon sort, ville ju Erik veta vad han hade att göra med, även om det skulle betyda att han behövde tala, och bli "vän" med honom, så var det värt det. Erik var ju inte nyfiken, däremot ville han få kontroll på situationen som uppstått.

Erik hörde att André talade med pliten när de kommit ut från cellen, det var inga ord han hörde, det var mer mummel, och omöjligt att höra, Erik förstod nu med de bevis han hade, att André var en mycket falsk person, och tydligen hade Erik något som polisen ville veta, men visste inte vad det var.

Det var tydligen så intressant att de sätter en falsk gubbe med gråa inslag i Eriks cell, och han ville ju veta vad det rörde sig om, eller vad han skulle göra med vetskapen han hade. Han tyckte att det var bra och ville utnyttja den på ett bästa sätt, frågan var ju bara hur han skulle göra.

Erik var ju knappt inne i sin cell själv, när en plit ropade i högtalaren som fanns inne i cellen, och frågade om han ville gå ut och ta lite luft.

– Ja, det vill jag! sa Erik.

- Bra, sa pliten, då kommer vi ner och hämtar dej om 5 minuter så du kan gå upp på taket.

Erik tänkte att det sitter en "Rödskylt" utanför celldörren när man sitter med någon restriktion under häktningstiden, vilket betyder att personen i cellen inte får träffa andra persor än plitarna och fängelseprästen, men ändå fick Erik ha samsittning med André, och det var riktigt konstigt. Han tänkte inte så mycket på det då, det var nu när han skulle upp på taket och få lite luft, som han kunde rensa sina lungor.

Att plitarna kunde acceptera samsittning när André hade en röd skylt!?

Det var ju onekligen konstigt, tyckte Erik att detta kunde köpas av VB:n, som visste att han inte fick träffa någon annan intagen.

Det är ju häktets skyldighet, att skydda personers identitet om det skulle visa sig att de var oskyldiga, och då ska de kunna gå tillbaka till samhället, utan att deras identitet blivit röjd. Erik tyckte det var konstigt att reglerna blivit rubbade, och med risk att röja en persons identitet.

Nu hade plitarna frågat om Erik ville samsitta med en ny kille inom kriminalvården, och även om Erik var dömd så var ju inte André det ännu. Så de borde skydda denna person.

Erik hade ju sina värderingar som sa: *Att en gång, är ingen gång. Två gånger är åt helvete. Tre gånger är en krigsförklaring.*

Nu var ju André verkligen på den tredje värderingen och det var en ren krigsförklaring.

Han funderade på om han skulle prata med Tobbe om detta, och fast man inte är så klok när man sitter inlåst i en cell, så fanns funderingar om detta hos Erik, som hade börjat störa sig på André. Pliten kom för att hämta Erik till promenaden, som var i en timme, det betyder att man är inlåst i 23 timmar per dygn.

Erik stod som en dålig soldat utanför celldörren när pliten låste för att sen gå upp till taket. Pliten hade en komradio där han pratade med de andra plitarna, och han sa att han kom med en "röd" och undrade om vi kunde få gå vidare i korridoren.

En annan plit svarade att korridoren var tom, och att det

inte kommer någon "grön" in. Vilket bara betyder att Erik kunde gå upp till taket, när det inte fanns någon där.

Erik tänkte, att han var så skadad av detta skitliv som han hade levt, utan de minsta känslor och empati för andra människor, efter sin tid ute i kylan.

Under hela tiden han gick upp till promenaden, tänkte han på att det verkligen var dags att sluta med detta livet, och han hade ju gjort ett bra försök även om detta med övervakaren var ett riktigt bakslag för hans Svensson liv, och Erik hade inte gett upp tanken på att bli en del i samhället, så detta mellanspelet var totalt onödigt att göra. Erik visste inte hur han skulle agera i ett sådant läge som det blev med övervakaren, så detta med häktet blev ju fel.

Nu hade Erik kommit upp på taket, och pliten gick fram till en liten promenadgård som liknade en tårtbit, med en glasdörr. Framför dörren fanns det ett liknade duschdraperi som drogs framför dörren så inte någon kunde se den personen på promenaden som var "röd" eftersom häktet skulle skydda personens identitet.

Erik började gå runt i promenadgården, för att känna sig lite levande, han hade ju varit inne mer än ett dygn sedan han kom dit. Han hörde andra prata, men såg inte någon då draperiet var fördraget, av säkerhet för de som inte blivit dömda i en Tingsrätt, och det var ju bra om personen skulle visa sig vara oskyldig till brottet.

Det var många nybörjare som ville prata med plitarna, och de ställde sina frågor då de tydligen inte visste, hur det skulle fungera, eller så var det bara en stor osäkerhet de hade, och ett stort behov av att få denna känsla mättad. Det tog på alla dessa unga och oerfarna personer som var inlåsta 23 timmar per dygn, och de kände säkert att de höll på att gå på knä på grund av den stress dom hade när de var häktade.

Erik funderade på hur klena dessa personer verkligen var, och att dom höll på att bli helt galna av att inte kunna göra det dom brukade göra, och att inte få stå i centrum, i händelserna rum.
Nu var dessa personer tvungna att rätta sig efter det regelverk som plitarna hade, och många hade väldigt svårt att anpassa sig, men de var tvungna.
Erik lutade sig mot väggen, och stod i tankarnas värld.
Han undrade verkligen om de var de andra som var svaga, eller bara var normala?
Skulle han resonera om att dessa personer var normala, var Erik ganska skadad av kåken!? Jaha, tänkte Erik som inte visste hur han skulle resonera. Han visste ju att det var normalt att ställa frågor, och våga visa strupen som det heter. Erik var en gammal krigare, som var försiktig med att släppa in någon rent känslomässigt, och att se dessa nybörjare som svaga, var betydligt lättare än att se sina egna brister.

Nu var för Erik att ta in så mycket frisk luft det fanns, och inse att han snart var tillbaka i cellen igen, även om det kunde vara något som Erik gärna hade hoppat över. Det var bara för han att bita ihop, och vänta på att en plit skulle komma och gå ner till cellen med honom.

Det tog bara runt 10 minuter innan en plit kom, och låste upp dörren. Han sa att Erik hade besök, så du får avbryta din promenad om du vill få besöket.

- Skämtar du!? Har jag besök under promenaden som bara är en timme om dagen?

- Ja, det har du, sa pliten.

Erik såg att det var pliten som han hade varit i slagsmål med, och nu ville han ju klart göra det besvärligt för han. Erik visste att det inte var någon idé att ställa till en scen här inne, även om denna plit hade behövt en läxa igen.

Erik valde att vara lugn och ta han när var ute, då var det andra regler som gällde, än de som gällde här.

Nu skulle Erik gå ner till sitt besök och se vem det var. Det kunde ju inte vara hans morsa, för han hade inte skickat någon samtyckes blankett som behövde göras, så nu undrade han vem det kunde vara som kom in på häktet, utan att personen blivit kontrollerad.

Kapitel 22

Snart stod Erik framför dörren som besökaren satt bakom, och han var verkligen nyfiken på vem det var. Rent juridiskt var det bara hans Advokat som kunde komma till häktet utan samtyckes blankett, men Erik visste att det inte var hans Advokat, för då hade han sagt det i ett telefonsamtal.

Så det var ganska spännande att se vem som satt innanför den dörren. Pliten låste upp dörren, och därinne satt Eriks övervakare.

Erik hade inte förväntat sig att se denna personen, men det var skönt att se henne, fast det var med blandade känslor. Hon blev glad över att se Erik, även om inte han kände sådana känslor till personen som satt han på häktet. Erik tyckte det var lite fräckt av henne att komma dit.

Erik gick in i besöksrummet, och pliten låste dörren bakom honom, nu var det bara övervakaren och Erik i rummet, och han kände sig inte direkt bekväm med en person som varit delaktig i att han satt där han gjorde, även om Erik förstod att hon bara gjorde sitt jobb, och följde de regler som fanns inom kriminalvården.

Övervakaren bröt tystnaden med att säga att hon tyckte det var väldigt roligt att se Erik, och hans morsa hade också hälsat till honom, och hoppades verkligen han mådde bra, och hade det bra.

- Du kan lugna morsan, och säga att allt är bara bra, sa Erik, som tyckte synd om sin morsa som skulle leva i o-visshet, även om det var tvunget just nu.

- Erik, du kan väl själv säga det till henne.

- Vad då säga det till henne själv? Jag kan ju inte kontakta henne, de borde du veta, sa Erik.

- Du blir släppt från häktet i dag, Erik.

- Va! Blir jag! Sa Erik förvånad.

- Ja du blir det, jag har talat med frivården, och de hade fått beslutet från regionen, där det tyckte att bevisen inte höll för att påpeka att klienten gjort ett nytt brott enligt de regler som gällde under övervakningen, sa övervakaren.

- Ja, då fungerar systemet, eftersom jag inte brutit lagen, och det sa jag till dej, sa Erik sarkastiskt…

- Erik, du sa till mig att du kört olagligt, och det betyder att jag är tvungen att sätta dej här, eftersom det inte är jag som bestämmer hur dit straff ska vara. Jag ska bara se till att du inte bryter, eller håller på att bryta lagen, inget annat. Då får regionen göra sitt jobb, jag ska inte göra deras jobb, sa övervakaren.

- Ja, det känns ju skönt att få slippa detta skitställe, och få komma hem igen, sa Erik.

- Ska du bo hemma hos din morsa tills ditt hus är sanerat? Frågade övervakaren.

- Jag vet ju inte alls hur långt de har kommit, sa Erik.

- Tror din mamma kommer berätta hur det gått med din bostad, och jag vill du ska ta det lugnt när du får reda på det, även om det skulle bli negativt.

- Klart! Sa Erik. Inte skulle jag väl vara aggressiv, brukar jag vara så kära övervakare, sa Erik.

- Om du är aggressiv?! Låt mig fundera, sa övervakaren, ja det är du verkligen, allt annat är ju bara lögn.

- Hallå, nu tar du i, sa Erik.

- Du Erik, det vet du att jag inte gör, men vi behöver inte prata om detta nu, det känns viktigare att du får komma härifrån Erik, och jag måste gå och tala med VB:n om att det inte blir någon transport till en anstalt där du eventuellt

skulle sitta av ditt resterande straff som du har, sa överva-
karen.

Erik började fråga sin övervakare hur det var med hans
morsa, då han var lite orolig för henne Övervakaren satt i
en fåtölj, när hon fick frågan från Erik, och reste sig upp
från fåtöljen, och tittade lite på sittdynan som var i
fåtöljen.
-Jo det är bara bra med henne sa hon. Övervakaren hade
nu sett vita fläckar i den mörkblå klädseln, som hon hade
suttit på. Det såg mer ut som hon hade satt sig på en
vibrerande dildo och fått den i rumpan.
Erik skrattade för sig själv, när han såg hennes
agerande. Nu blev det väldigt svårt för Erik att skratta för
sig själv, och började skratta högt och tydligt över situati-
onen som var.
- Vad skrattar du åt Erik? Sa övervakaren.
- Det såg bara roligt ut när du for upp ur fåtöljen.

Erik visste ju vad dessa små vita fläckar symboliserade i
ett besöksrum på häktet, men det fick stanna hos Erik.
- Nä, du Erik, kan vi sätta oss i soffgruppen istället, sa
övervakaren.
- Klart vi kan göra det, sa Erik.
Övervakaren synade verkligen soffan innan hon satte sig
där, så hon visste att det var lugnt.
- Det verkade bra, sa övervakaren, och satte sig ner. Hon
ville förklara för Erik att han inte kunde visa en aggressiv
sida ute samhället, för då kom han tillbaka på häktet i-
gen…
Hon ville verkligen berätta hur man skulle vara mot andra
personer ute i samhället, och precis när hon var mitt uppe
i sitt samtal och i predikan, så stelnade hon till för någon

sekund, det var tydligt något som påkallade hennes uppmärksamhet.

- Vad är det nu? sa Erik.

- Vad är det? sa övervakaren, och pekade på ett litet papper som låg under bordsskivan. Erik tittade, och såg att det var ett hemmagjort trosskydd med fyllning. Ännu en gång började han skratta högt, han fick ont i magen så mycket som han skrattade.

- Usch, åh! sa övervakaren. Nä, jag vill inte vara här inne mera sa hon, och tryckte på radion som gick till plitarna, som svarade ganska omgående. Min övervakare sa att hon ville gå, och de sa att dom skulle komma direkt.

– Bra, sa Eriks övervakare.

Erik skrattade ännu, och nu hade till och med övervakaren svårt att låta bli att skratta, hon tyckte också det var lite roligt.

Plitarna kom och låste upp, och möttes av en övervakare och en intagen som skrattade. Det är inte vanligt att våra klienter skrattar när vi kommer, klart han ville veta varför vi skrattade, och övervakaren som bara ville komma ut därifrån, skakade som en person som hade fått Parkinson, och som inte ville förklara varför, men hennes blick sa desto mera.

Erik blev kvar under tiden i besöksrummet, medan pliten skulle gå till VB:n med övervakaren.

Pliten kom tillbaka och låste upp besöksrummet igen, och nu skulle Erik byta kläder, så pliten tog in Erik i säkerhetsrummet han kom in i, när han kom dit under första dagen.

Nu var det bara ta av alla kläder, och lyfta på pungen så den intagne inte satt tabletter med tejp där under. Det var rutin, och denna övning var helt okej, om det var en kvinnlig plit, tyvärr var Eriks plit av manlig karaktär, och det var inte alls lika roligt. När Erik hade satt på sig nya kläder så tog pliten än en gång han till cellen.

Nu var det kanske en av de sista gångerna han gick till sin cell i häktet, nu var friheten snart ett faktum, och redan på vägen till Eriks cell så var tankarna igång, och det var ju en del som han hade att göra, inte minst att ringa till Tobbe.

Erik var inte direkt orolig för att Tobbe skulle gjort något negativt i ärendet med husförsäljaren. Tobbe var som sagt av den gamla skolan, och visste hur han skulle göra vid detta läget. Så det var mer att Erik var tvungen att skynda på lite i ärendet, som nu var 2 dagar sent på grund av häktningen som gjorde att Erik varit borta från samhället.

Ganska snart efter att plitarna hämtat brickorna från middagen så kom de för att hämta Erik som nu äntligen skulle bli fri och komma ut i samhället igen. Han fick än en gång gå in i säkerhetsrummet för få sina kläder. Erik kände att friheten var nära, och det kändes nästan overkligt. Pliten som lämnade ut hans saker, hoppades att de aldrig skulle ses mera inne på häktet.

- Nej, det gör vi nog inte, sa Erik, som faktiskt hade börjat planera på att komma ut igen. Han började gå mot den siste dörren som var inne på häktet, och pliten låste upp dörren.

Ännu en gång stod han utanför häktet, och kände sig lite förvirrad, nu var det vanliga livet ikapp honom. Alla personer var vanliga Svensson, och det var ju inte längesedan han hade muckat från kåken.

Erik tittade på dörren till häktet, och insåg att det var en trygghet att vara därinne.

Han började gå nerför en trappa, och där nere fanns dörren till friheten.

Erik gick ut, och hans morsa satt och väntade i sin gamla Mazda. Hon blev så glad när hennes son kom ut från häktet, och gav han världens kram och ville inte ens släppa honom. Hon var ju onekligen väldigt glad, tänkte Erik.

- Morsan, lugna ner dej, jag är ju ute nu, sa Erik. Men tydligen var hon helt hormonell, och ville tydligen hålla om sin son en längre tid.

– Jaja, nu får du lugna ner dej morsan! Sa Erik.

-Det är ju inte så lätt, jag har ju saknat dej väldigt mycket, och jag vill gärna tala med dig min son, och hoppas du bor hemma hos mig.

- Morsan jag bor gärna hemma hos dej tills mitt hus är färdigt, sa Erik.

- Vad roligt min son, precis som jag ville det skulle bli, och jag ska ta hand om dej, så du aldrig behöver sitta på detta ställe mera, sa morsan.

- Nä, jag ska inte sitta inne mera, så ta det lugnt nu, det kommer säkert bli bra.

- Ja det hade varit roligt Erik.

Men nu åker vi hem, och bara har en trevlig och bra dag.

- Ja det gör vi, sa Erik, och funderade på hur det skulle lösa sig med allt, han hade planerat. För nu var ju tiden knapp, och Erik var ganska säker på, att övervakaren och hans morsa skulle vara på sin vakt.

Nu skulle de åka hem till morsan, och försöka se den här dagen som hennes, så hon inte blir besviken eller ledsen på honom. Hon hade förmodligen

planerat allt som skulle göras denna dag, så Erik kände

inte alls, att han ville förstöra dagen för henne. Hon verkade onekligen väldigt glad att se sin son, och ville gärna prata med sin son under bilturen, problemet var bara att hennes hörsel var väldigt dålig, hon var ju nästan döv på ena örat. Erik såg att hon såg glad ut, fast hon inte hörde allt som hennes son pratade om. Hon visade inte att hon inte hört allt, och hon nickade när hon trodde att Erik hade sagt något under bilfärden.

Erik kände att morsan försökte lyssna på vad hennes son sa, men allt ljud i bilen gjorde det helt omöjligt att höra för henne. Hon hade väldigt svårt för att sortera alla dessa ljud. Hon kunde inte ens sätta på bilstereon, då blev det ett väldigt konstigt ljud, som inte uppfattades som bra, utan mest skrälligt, och gick absolut inte att höra på. Så hade hon motorn i gång på sin bil kunde hon inte lyssna på bilstereon.

Kapitel 23

De körde upp på uppfarten, och var ännu en gång hemma, och det var helt plötsligt nya regler som gällde ute i samhället. De gick av bilen, och Erik tog sin väska som stod bak på golvet i bilen. Nu var det bara att gå in i huset, hans morsa såg väldigt glad ut att få hem sin son, och sa till Erik att gå in i huset.

Erik kände sig som en dålig krigsveteran som hade kommit hem igen, och även om han bara varit på häktet några dagar, så var det inte länge sedan han hade muckat från kåken.

Han visste inte hur han skulle hantera allt detta som hände nu, en Svensson hade säkert sagt att känslorna rörde runt i kroppen.

Erik, som hade svårt med dessa känslor, tyckte det var en jobbig sak att känna. Han var ju van vid ett helt annat liv, och han var tränad i psykologisk krigsföring, vapen träning och hur man tar bort ett lik snabbast på bästa sätt. Så att sitta och mysa hos sin morsa är ju inget Erik var särskilt van vid. Även om han ville vara normal, var det inte alls så lätt att helt plötsligt ändra sina värderingar direkt utan hjälp.

Morsan stod och väntade vid ytterdörren på sin son, och ville gå in i huset. De båda två gick in i huset, hängde av sig ytterkläderna, och gick vidare in i köket. De satte sig ner vid köksbordet, och hon började direkt prata om hur det varit med hans hus.

- Erik, sa morsan! Din bostad är inte klar än och det verkar som huset är för sjukt för att sanera, enligt besiktningsmannen, sa hans morsa.

Hon väntade nog på sin sons reaktion, som
uteblev totalt. Morsan verkade förvånad över
Eriks agerande…
Hon hade väl förväntat sig att Erik skulle bli arg eller
något åt det hållet. Nu visade han inte ens den sidan, och
morsan var tydligen riktigt förvånad.
– Erik? Sa Mossan. Ska du inte säga något? Undrar hon.
- Nej! sa Erik. Det känns som ett väldigt onödigt inslag,
och jag hade bara gjort något dumt om jag hade lagt ener-
gi på detta. Jag hade ett långt samtal med min övervakare
om mitt humör, och hon ville att Erik skulle hålla sig lugn
även om han skulle få ett negativt besked om sin bostad.
Så jag försöker vara lugn över läget som är.

- Vad bra! Sa morsan, nu är jag väldigt glad över att du
väljer att vara lugn min son.
- Ja jag känner inte jag vill lägga energi på denna skitsak,
och bli förbannad på en sak jag inte kan göra något åt.
- Jag är så glad min son.
– Jaja, lugn nu morsan.
- Jo, du Erik, hade du tänkt du skulle hitta ett nytt
boende och kanske bilda familj? Ja, inte nu sa
morsan, men jag skulle gärna vilja ha ett barnbarn.
- Va!? Sa Erik.
Hur kan du tro jag vill flytta till ett nytt boende? Vad är
det du försöker säga nu, morsan?
- Som du vet är ditt boende inte alls bra, och du kanske
måste se dej om efter ett nytt boende, sa hon.
- Jag tror du försöker säga något som du vet, men som du
inte vill säga till mej morsan!
– Nej, sa hon, men möjligheterna finns ju att du måste se
dej om efter en ny bostad om det inte går att sanera din
nuvarande.
- Varför tror du det?

- Jag tror inte något, men jag vill inte du ska ställa in dej på att flytta in i din bostad, om den inte går att sanera den nu.

– Okej, sa Erik. Jag ska försöka tänka mindre på det, innan jag vet.

Nu hade ju Erik helt andra planer, om den förbannade husförsäljaren, som han inte ville berätta för sin morsa om, för det skulle göra henne både orolig och ledsen, då hon hade trott att hennes son skulle bli häktad igen med sådana planer. Nu var hans morsa glad och lycklig, och det var bra för Erik också, även om hon troligen var på sin vakt, och ville skydda sin son.

De båda fortsatte att prata om framtiden, och hans morsa ville höra om Erik kunde tänka sig att träffa någon kvinna i framtiden?

- Eller vad tycker du Erik!?

- Ordet bråttom är tydligen ditt mellannamn, morsan. Jag känner inte att jag har landat ännu, och en kvinna är ju inte aktuellt.

-Men min lilla son, tänk om den rätta kvinnan bara dyker upp i ditt liv, och du skulle bli förälskad i henne, vad underbart, sa hans morsa och såg glad ut med tindrade ögon…

- Vad är det med dej morsan? Jag börjar bli orolig för dej, ska du veta. Jag har knappt muckat från kåken, och du vill redan jag ska hitta en partner, och det har jag inte lust med just nu, sa Erik.

- Men om den rätta kommer då? Skulle inte det vara trevligt, och kunna komma hem till en tjej du bryr dej om varje dag? Får då kunde kanske hon hålla reda på dej, och se till att du inte hittade på något dumt Erik.

- Morsan, jag är inte alls där än, sa Erik.

- Det är ju inte alls så bråttom min son, klart du får din tid som du behöver, jag ska inte försöka skynda på det alls, jag vill ju bara du hittar någon, och får ett annat och bättre liv än vad du haft de senaste 20 åren.

Det värsta med morsan, var att hon i regel hade rätt och det hade kanske varit bra för mig att hitta någon kvinna i mitt liv, tänkte Erik. Även om det inte passade så bra just nu, men framöver hade det varit bra, trodde han själv. Det var mycket att planera, och det var ju inte direkt läge att svika morsan, med att säga att man skulle åka till okänd plats. Nej, det hade nog inte varit så bra.

Så det blev att sitta och prata med henne hela kvällen, och att få henne på andra tankar än att Erik skulle göra nya brott. Det var nog lättare sagt än gjort.
Erik försökte verkligen få henne lugn, och började inse att han inte skulle göra några dumma saker längre. Men det var som om hon inte kunde koppla bort detta, och satt och väntade på att någon skulle ta hennes son igen. Erik tyckte hon verkade vara ett vandrande nervvrak, som satt och vaktade sin son, som hon inte ville det skulle hända något med.

Kvällen gick mot sitt slut, och de båda skulle göra sig färdiga för att gå in till sig, men hans morsa hade ett vakande öga på honom. Erik visste inte vad han skulle säga till henne då hon verkligen hade valt att vara aktivt bevakande på Erik, så det var svårt för honom att veta hur han och Tobbe skulle göra. Denna bevakande tendens hade förmodligen även Eriks övervakare.
Nu var det bara för Erik att gå att lägga sig och sova i sin gamla säng, som var både bredare och skönare än vad sängen på häktet var. Erik tyckte att sängen var i mjukaste laget, när han hade legat på sängen vid häktet, som var

stenhård, och ryggen hade ju vant sig vid sängarna som kriminalvården hade, så det var svårt att vänja sig när hans säng var mjuk, han hade ju många år inom kriminal-vården, så det var inte alls så konstigt. Han fick faktisk en skön natts sömn i sin gamla säng, och var riktigt utsövd när han vaknade.

Morgonen kom, och det var dags för Erik att stiga upp, han hade ju sina rutiner och de försvinner så lätt, tänkte Erik.

Nu hade han ju mycket att lösa, inte minst skulle han träffa Tobbe, som säkert undrade vad som hade hänt ef-tersom som Erik inte hade hört av sig. Nu kunde han inte ringa eftersom han var under bevakning, så det blev att resa till Tobbes bostad så de kunde snacka i ensamhet. För nu hade Erik blivit riktigt paranoid som Tobbe var innan, men nu hade ju den André kommit till hans cell två gånger, fast han var släppt den andra gången han kom dit.

Det var säkert inte meningen att Erik skulle se dennes frihet. Erik visste inte alls vad hans, och eventuellt Krimi-nalvårdens idéer var, men något var helt klart på gång. Nu skulle bara hans morsa gå till sitt arbete så han kunde ta bussen, som gick utanför hans hus. Nu hade båda ätit frukost, och morsan var på väg till sitt arbete inom kyrkan, och Erik uppfattade henne som lite trött, men hon åkte iväg till sitt arbete, och det var bra, tyckte Erik. Nu var det för Erik att titta i busstabellen på nätet när bus-sen gick.

Erik såg att det skulle gå en buss var 10:e minut, så det blev att springa till hållplatsen så han inte missade den. Erik betalade biljetten för att kunna åka med, och fast han var antisocial åkte han med. Han satt med ögon i nacken, och kunde inte förmå sig att koppla av, fast han försökte. Det räckte att någon pratade i sin telefon för att få Erik i ett bevakande läge, och han tyckte det var jobbigt att gå ut och in i detta läge.

Erik kunde inget göra när hans kropp reagerade som den gjorde, och även om detta var social träning som övervakaren hade gillat, så var denna övning inte bra för Erik.

Men det var ju säkert så här livet skulle vara i framtiden, tänkte Erik.

Kapitel 24

Han hoppades att buss jävlen snart skulle vara framme vid Eriks hållplats där han skulle av. Det var ca 45 minuters restid, men han upplevde denna resa som två timmar, och som jobbig men kunde inte göra mer än att sitta ner.
Till sist var bussen framme vid destinationen, och Erik började resa sig upp från sin stol, och tyckte det var en ganska skön känsla att gå av bussen. Nu fick han promenera bort till Tobbe som bara bodde 15 minuter från busshållplatsen.

Erik gick upp till andra våningen där Tobbe bodde, och han tyckte det skulle bli kul att prata med Tobbe.
Erik stod framför hans dörr och ringde på. Det kom en kvinna och öppnade, och Erik blev väldigt förvånad över kvinnan som hade öppnat. Vem är det? Tänkte han, och undrade om hon bara var på besök, eller vad hon gjorde där. Tobbe kom till tamburen, och såg att det var Erik som hade kommit, och blev väldigt glad, och berättade när dom stängt dörren att denna tjej var en vän till honom, hon hette Eva.
Erik och Eva hälsade på varandra, och Tobbe sa till Erik att komma in i stugan.
– Javisst, sa Erik, och gick in i lägenheten med förhoppning om att de skulle kunna prata, han och Tobbe.
Tänkte vi kunde fika lite först, sen måste jag prata med Erik om en viktig sak, Eva.
– Ja, men det är klart sa Eva, som gick efter kaffet som runnit ner i kaffebryggaren, och då passade Erik och Tobbe på att prata, och smida lite saker, men det var bara några minuter, sen kom Eva tillbaka med kaffet.
- Nu grabbar, ska ni få kaffe, och började hälla upp det.
Erik hade tagit med kanelsnäckor som de

skulle ha till fikat. Eva bodde tydligen där eftersom någon hade lagts dynor med profithungriga blomtyg. Det skulle aldrig Tobbe gjort, tänkte Erik.

Fan, vad fjollig Tobbe har blivit då, det är bara inte möjligt att han skulle blivit så, på 3 dagar. Ja, men Erik tyckte se att Tobbe agerade konstigt och var lite betuttad i denna Eva.

Märkligt tänkte Erik att han inte sagt att han hade en tjej, som tydligen styrde honom ganska mycket. Här sitter jag på häktet och funderar, och han har en tjej som han sitter och fjollar sig med. Roligt det ju, tänkte Erik.

Alla 3 satt och små pratade, och efter en halv timme reste sig Eva upp, och sa att hon skulle gå till sin väninna.

Både Erik och Tobbe väntade med att prata så länge Eva var där, för att kunna vara säkra på att ingen utomstående lyssnade på deras kommande plan.

Hans tjej kom tillbaka och hade glömt en sak, och både Erik och Tobbe blev helt tysta om deras plan, och satt mest och tittade på vad Eva skulle hämta, och sen gick hon in på toaletten.

Tobbe sa att hon skulle nog hämta några Norska Hand-granater (TAMPONGER) då hon hade fått (Lingon I Sin Hängmatta) sin mens.

Grabbarna ville ju inte verka konstiga, så de pratade lite om lägenheten, och hur Tobbe ville göra.

Nu kom Eva ut från toaletten, och vi sa hejdå en gång till, och sen gick Eva ut .

Både Erik och Tobbe satt för första gången ensamma på mycket länge, det var på Kumla anstalten de båda satt framför varandra, men då var de båda avlyssnade. De

flesta kåkar i den klassen hade sin egen underrättelse-
avdelning som skulle säkra den intagna som skulle avtjä-
na sitt straff utan att försättas i fara under sin tid.

För Erik och Tobbe betydde det att var avlyssningsutrust-
ning som fanns i högtalaren de tryckte på när de var inlås-
ta i cellen. Därför satte dom en örontops i själva mikrofo-
nen de pratade med plitarna i.

Då kunde de inte höra vad busarna sa, och det visste de
inte om på underrättelseavdelning. För det var generellt
svårt att prata på kåken. Men det var ju ett trick som
busarna hade.

Som det var nu kunde både Erik och Tobbe prata med
varandra, bara de tog bort sina mobiltelefoner. De tog in
sina mobiler i Tobbes stora rum så att det var lugnt.

De båda gick ut i köket igen för att kunna smida sina pla-
ner, som de hade för husförsäljaren.

Erik ville gärna gräva ett stort jävla hål, och gräva ner
denna person, och bjuda på kalket. För ERIK såg verkli-
gen rött bara han tänkte på husförsäljaren. Det var riktigt
illa. Tobbe ville veta vad han skulle göra när de hade fått
tag i idioten. Erik ville att Tobbe skulle sätta husförsälja-
ren i en stol, tejpa fast honom med silvertejp. Sen skulle
Erik ta över. Nu visste de inte om de skulle ha en rånar-
luva, för att inte kunna se vem dom var, eller om de skulle
köra Black to Black! (Helt svart klädda) så det inte gick
att beskriva gärningsmännen som varit på platsen.

Nu var det ju några saker som hade rättats till, fast det
fanns lika många frågetecken kvar, för dom att ta tag i.
Erik ville få fram en viss rädsla hos husförsäljaren, så det
blev Tobbes jobb att skrämma upp gubbfan, och han var

verkligen bra på detta, tyckte Erik, han kunde helt klart sin sak, och förmodligen kom han att kunna skrämma upp husförsäljaren, och det var det som var syftet till att börja med, fast Erik hade ju planerat andra saker också om han inte fattade budskapet som skulle få den gubben att förstå. Man kunde ju inte veta hur gubben skulle reagera, och även Eriks morsa skulle bli förvånad när hennes son gjorde så mot en person. För hans morsa var en snäll person som inte hade gjort något själv. Hon var övertygad om att "HAN BLAND MOLNEN" skulle agera om han behövde. Nu var ju nog hennes son av samma sort som en riktig jävel...även om detta inte visade sig när Erik och hans morsa träffades, så hade han inga som helst gränser, och det gjorde att hatet blev mycket större, och mer aggressivt än vad en normal person hade gjort eller planerat.

Tobbe gick för att hämta mera kaffe till dem, Eva hade ju gått till sin väninna för att prata fjoll.
Han kom tillbaka med kaffekannan, och frågade klart om Erik ville ha mer kaffe, och det ville han, så Tobbe hällde upp kaffet i Eriks mugg.
Sen hällde Tobbe upp i sin egen mugg, och gick sedan tillbaka med den till kaffekokaren.

Kapitel 25

När de båda åter satt ner framför varandra var det som om de fick ett helt annat fokus på husförsäljaren som Erik ville skrämma upp med effekt.
Nu skulle de planera hur, och när detta skulle kunna genomföras, och få en stor effekt, fast Erik var väldigt påpassad av sin morsa och av snuten.

Tobbe, som var grymt tränad var ju inte rolig att ha efter sig, så husförsäljaren borde bli ganska rädd, fast de visste inte om de var tvungna att gå till nästa nivå, och klippa gubben och gräva ner honom.
Det var ju ett senarium de båda ville slippa, fast de gjorde det, om situationen krävde det.
Erik var mer rädd att Tobbe skulle få ett spel, och gräva ner vid första anblick av honom.
Erik sa till Tobbe att han skulle vara lugn när de gjorde detta, så inte personen blev rent livlös med en gång.
- Nä, klart, sa Tobbe, och Erik kände att han verkligen lyssnade på honom, fast han visste att Tobbe älskade våld, fast nu hade han förstått att dom inte skulle använda för grovt våld omgående. Frågan var bara hur husförsäljaren skulle reagera, och om han skulle skrika när han skulle få några slag av ett bollträ. De bara förmodade att han skulle vara rätt kaxig i början på behandlingen, men skulle förmodligen mjukna ganska fort.

Allt bestod ju bara av spekulationer, och inte alls av fakta som Erik gärna ville ha vid sådana tillfällen, även om det var svårt att uppnå just nu.
Tobbe och Erik visste vad dom skulle göra efter ett långt samtal, och det var tid för Erik att åka hem igen med bus

sen innan hans morsa kom hem, annars skulle det bli onödiga diskussioner som det inte fanns tid för. Tobbe och Erik sa farväl till varandra, och Erik gick ner för trappan och bort till bussen som skulle ta han hem till sin morsas hus. Efter en längre tids resa så var Erik utanför sin morsas hus igen, som han började gå till när han kommit av bussen, som han åkt med ett tag.

Nu var Erik hemma igen hon sin morsa, och han kände sig ganska nöjd med dagen, även om han var tvungen att åka hem igen för att slippa onödiga frågor. Hans morsa kom ganska snart efter han hade kommit hem. Nu var båda hemma, och det blev de vanliga frågorna från hans morsa, och sen gjorde hon lite kvällsmat. Under kvällsmaten berättade hon att hon skulle få besök av en person som Erik var granne med, där han bodde i huset, och som hans morsa gillade. Erik undrade ju klart vem det var? Han hade ju ingen vetskap om vem denna granne var. Han undrade om det var Mamman som hade gått förbi med sin dotter, för någon annan kunde han inte tro det var.
- Nä, min son, personen som kommer hit heter Watson och hon verkar så trevlig, sa hans morsa.
Trevlig, tänkte Erik.

Han var tvungen att höra hur hans morsa och Watson kunde hitta varandra. Vi har träffats utanför dej vid huset, och sen har vi haft telefonkontakt under tiden, och nu ska Watson komma hem och se hur jag har det, och hur jag bor, sa hans morsa.
Snart ringde det på dörren, och det var Watson som hade kommit. morsan frågade ganska snart hur hon kommit dit, då hon inte såg någon bil.
- Nä, sa Watson, min man André har kört mig hit, han behövde bilen, sa hon.
Jaha, detta är Fru Watson som stod öga mot öga mot Erik.

Det var ju en person som han inte hade träffas live, men gjorde det nu…

Erik undrade vem hennes man var, han hette ju André, och det gjorde ju samsittaren på häktet också.

Det var ett vanligt namn, så det kunde ju vara en annan André, fast det vågade inte Erik tro.

Erik höll koll på denna Fru Watson som plötsligt kommit in i hans liv, den enda person som hade varit lycklig för ett sådant öde, hade ju varit Tobbe.

Men Erik var det inte, och förväntade sig att Fru Watson skulle sätta ut buggar i rummen, så han släppte henne inte en sekund med blicken.

Hans morsan visade Fru Watson runt, och hon gillade det hon såg, och tyckte hans morsa bodde bra och mysigt.

Men Erik övertygade hon inte med sina ord, han hade fokus på att hålla ögonen på Fru Watson.

Det gick runt i stora delar av huset, för att sen sätta sig ner i köket, och fika på morsans goda nybakta bullar och kakor. Erik kände sig mer som femtehjulet, och ville gärna lämna dom, men det skulle betyda att Fru Watson själv satt med hans morsa i köket.

Erik tänkte att han i värsta fall fick svepa köket efter avlyssningsutrustning som eventuellt Fru Watson hade placerat.

Efter någon timme skulle Fru Watson åka hem och hennes man kom och hämtade henne. Det var ett ögonblick inte Erik ville missa. Han ville gärna se om det var den André han trodde, eller det var någon annan.

Stunden var inne, och Fru Watson skulle åka hem, hennes man skulle hämta henne, Erik ville kunna utesluta att det var den André som var på häktet.

Bilen med hennes man i stod utanför hans morsas uppfart, och Erik ville verkligen se vem det var, eller hur han såg ut, den där André.
Erik gick för att se vem han var, och till hans stora förvåning var det den samsittaren som var på häktet, som var Fru Watsons man.
Hur fan kunde det vara så, tänkte Erik?

Fan, hur kan han först vara en intagen på häktet som vill samsitta, sen såg Erik han gå hem för dagen, och nu var han tydligen Fru Watsons man med??????
Konstig gubbjävel tänkte Erik, som nu förstod att han var punktmarkerad av dessa personer, och som förmodligen hade en hel myndighet bakom sig.
Det Erik inte visste, var att den där André jobbade på KUT (Kriminalunderrättelsetjänsten) och skulle bli ett stort problem.

När det kom till Fru Watson var han inte säker på vad hon var. Erik trodde själv att Fru Watson hade andra krafter, men hade svårt att sätta pricken över I:et på det…

Det var ju ett konstigt samhälle som nu Erik mötte, fast detta än en gång skulle bli hans nya värld, med alla dessa konstiga inslag. Erik undrade ju klart hur han skulle kunna anpassa sig till denna Svenssonvärlden?
Erik ville bara sluta att tänka på detta, fast det inte alls var lätt.

Erik ringde upp sin gamla Wingman och sin vän, som han visste att han kunde lita på. Han frågade Tobbe om han visste vem den där André var på häktet? Direkt svarade Tobbe att han ville träffa Erik om några timmar, och han kom och hämtade han i den bil som han hade lånat av sin tjej Eva.

-Kan du inte bara säga vad du vet? Sa Erik.

-Nej, sa Tobbe, inte på denna linje.

Okej! Sa Erik lite förvånad över det uttalandet som Tobbe nu hade sagt! Vad är det han vet, undrade Erik!

Kapitel 26

Lite senare på dagen förklarade Tobbe vad han visste om André, och hur han tyckte att den där André var, och hur han tyckte han var som person. Han förklarade vad han tyckte genom en detaljerad förklaring om André.

- Tooooobbbbbbeeeee, menar du vi har en snut nära oss, och som ville samsitta med mig på kåken? Vad fan, åååååhh, så jävla förbannad jag blir, en stinkande snut som jag ser som en buse, och nu visar det sig, att han är snut! Ja, det är fan mycket värre än en snut, den jäveln är från underrättelseavdelningen.
Är det konstigt att inget fungerar, när vi har en hel avdelning i röven, och jag gillar inte tanken.

-Tobbe, sa Erik, jag ser ju på dej att du funderar… Du verkar bli påverkad av situationen, vad är det Tobbe, sa Erik.

-Det var heller inte bara för sakens skull, sa Tobbe. Det var, för att jag skulle slippa drömma om honom. Han kom ibland i drömmen, och satte bollträet på min strupe, och befallde mig att ge honom mat. En natt drömde jag, att det stod en hund och skällde utanför vår dörr. Jag öppnade för den, och då hade hunden fått den där personens ansikte, och jag fick bråttom att dra igen dörren, och stänga honom ute. Han tjöt så hemskt av hunger, att jag hörde ljudet i mina öron, när jag vaknade.

- Nåja, det var ju givet, att du skulle drömma om den, som hade skrämt dig, sa Erik, medan han skyndade på stegen, och såg orolig och ängslig ut.

Eva kör med egen bil, och vi har blivit efter, på grund av hennes försening, Vi borde snart vara framme vid boden, som de andra.

Erik följde honom. Tobbe sprang ända fram till vägen, och stod där och längtade, istället för att följa efter Eva. Men hon var inte den, som blev stående stilla för att fundera över att han bar sig besynnerligt åt. Hon bara tänkte på en sak, att vägen till dörren var fri, och sprang genast ut. Väl utkommen, sköt hon hastigt till dörren, stängde den med hasp och slå, så gott hon kunde, och flydde sedan i flygande fläng neråt bygden.

Hon kunde inte tro annat, än att hon hade Lismaren efter sig hack i häl, för den där haspen, som hon hade lagt på dörren, kunde nog inte hålla en stor, stark karl instängd längre, än han själv ville. Det var ju självklart, att han skulle försöka att hinna upp henne, och inte låta henne komma ner till bygden och tala om, att det fanns ett väsen i skogen.

Hon tordes inte ge sig tid att stanna och se sig tillbaka, utan hon bara löpte åstad. Hela tiden tyckte hon, att hon hörde hur han kom smygande på de små skorna. Hon väntade, att han skulle gripa tag i håret, som hängde bakom henne, och rycka henne bakåt.

Nu var verkligen Tobbe helt förvirrad, nu känner tydligen både Eva och Fru Watson varandra, tänkte Tobbe... Vad fan håller på att ske. Det gjorde att Tobbe tänkte direkt på Erik.

Tobbe var så irriterad på Ewa, så han drog i hennes hår, och skrek rakt ut av ren frustration att dra åt helvete. Hela livet stod verkligen i lågor, och han visste inte hur han skulle uppfatta detta helvete.

Han gick ut för att ta luft, och för att kunna skingra sina tankar. Han hade ju många funderingar och inte minst på sin vän Erik. Efter ett tag kom Tobbe tillbaka, och nu hade han gått ner i varv. Eva tittade direkt på Tobbe, som verkligen såg förvirrad och besviken ut, med en intetsägande blick.

Nu var det redan bestämt, hur Erik och Tobbe skulle göra med husägaren, och läget mellan dessa båda var något laddat, eftersom ingen visste hur någon av dom skulle reagera. De två vännerna bestämde sig för att genomföra det dom redan sagt, efter ett långt samtal de haft under kvällen, när Tobbe hade lugnat ner sig, och Ewa verkade på bättre humör. Både Erik och Tobbe bestämde att de skulle träffas utanför den gamla kyrkogården, för att kunna sätta husägaren på plats en gång för alla, något de båda ville göra med tanke på det inträffade.

När de båda kom till kyrkogården, började Tobbe bli lite mjuk, tyckte Erik.
- Vad gör du? Sa Erik.
- Vad menar du? Sa Tobbe.
Tror inte du gillar denna kyrkogården, sa Erik skrattande, och log bara på det sätt som Erik kunde göra.
-Vad fan säger du Erik? Sa Tobbe.
-Inget Tobbe, men du är inte något KUMLA ÄMNE, Hahahahahaha skrattade Erik.
- Du Erik, jag bryr mig inte om sådant skit!
När båda två stod utanför kyrkogården med ett ljus från månen, som skapade ett spöklikt ljus, tycke Tobbe det var ett konstigt ljus,

- Ja säkert, sa Erik som började leta efter sakerna de skulle ha till idioten.

Precis när Erik hade börjat gräva efter dessa vapen, och andra tillbehör kom det en del fåglar som flög över oss, och landade framför kyrkan, och Tobbe började se paranoid ut.

- Erik, Erik! Fortsatte Tobbe ropa, som nu började få panik över denna fågel…

- FÅGEL Erik!!!!!!!! Det är ju för fan Dödens Fågel!

- Vad då dödens Fågel? Nu får du fan ge dej.

- Erik det är ju en KORP PÅ EN KYRKOGÅRD! – Ja, vad är det med det?

Förstår du inte Erik!? Sa Tobbe, med skakig röst.

- Du är bara skrockfull, sa Erik.

- Ja och det är rimligt att vara det, sa Tobbe, med stirrande blick, och tittade på den Korp som precis landat på en gravsten. Det var inte utan att Erik började tänka på det Pentagram som fanns i bilen, som Fru Watson kom i.

- Vad fan vet du om Pentagram? sa Erik.

Du är stor som ett hus, men att läsa och vara smart är ju inget som symboliserar ditt höga IQ.

Tobbe förklarade då följande för Erik … Så långt in på hösten som möjligt sov Tobbe på vinden, när hans tjej Eva inte var där. Med några sängar hade han stängt av en vrå åt sig, som han kallade för sin kammare. Den var inte stor, och ett litet, smalt sängställ upptog nästan hela utrymmet, men det var det behaget med den, att han kunde få sova ut där om helgerna. Hade han legat nere i stugan hos föräldrarna, hade han varit tvungen att stiga upp i så god tid, att modern hann att bädda upp sängen, innan hon gick till kyrkan.

Sedan han hade börjat arbeta hos Erik, var det ingenting ovanligt, att han om helgerna sov, ända tills väggklockan nere i stugan slog tolv, men något sådant hände honom inte dagen efter äventyret på kyrkogården, utan han vaknade redan före tio. Han kom genast ihåg alltsammans. Det satt ännu kvar en smula olust i fingrarna. Det kröp i dem, bara han tänkte på det där, som de hade kommit ner i. Det hade varit inbillning alltihop förstås, bara rädsla. Han visste ju, att det inte var annat än skit, som han hade stoppat i fickorna.

- Tobbe, vad har detta med ett Pentagram att göra? Sa Erik!
- Jo, det ska jag säga dej, Erik…

Förr tyckte alla personer att ett Pentagram var ett verktyg som Satan hade för att kunna hålla alla personer på mattan.
- Nä, nu fortsätter vi sa Erik, med sina egna tankar han hade i det tysta om Pentagrammet, som Fru Watson hade.

Plötsligt reser sig Erik sig upp, och går bort till gravstenen där Korpen hade landat, och slänger ut lite jord. Tobbe undrade vad fan han höll på med, och undrade hur Erik kunde göra något så barnsligt, med tanke på att han var en bra man.
- Jag måste bara kolla en sak, sa Erik, och det gjorde Tobbe nyfiken.
- Vad håller du på med Erik? Du beter dig jävligt märkligt, och du borde ju förklara så man fattar.
Erik sa inte ett ljud, utan fortsatte att gå med en hand grus mot gravstenen, som tidigare stod sidan om Tobbe.

Erik börjar slänga ut lite grus på gravstenen, som nu gav ett tydligt ljud från dessa korpar.

Det var ju precis det jag trodde, sa Erik och såg både glad och orolig ut.

- Va? Sa Tobbe.

- Fattar du inte Tobbe?

- Näää, sa Tobbe.

- Ååååhhhh sa Erik, du har ju en reptilhjärna…tänk om du kunde använda 10 procent av din hjärna, istället för 100 procent av nävarna! Det var inte snällt sagt…

- Nej, det var det inte, men så är det Tobbe.

- Fatta Tobbe, jorden är inte ren…

- Vad då? Sa Tobbe

- Se vad som händer om jag slänger större mängder med grus. Vad händer då? Sa Tobbe.

- Titta nu Tobbe, och slängde en större mängd med grus och jord. Alla Korpar flög direkt där ifrån, och det betyder att något är fel, sa Erik, men just nu vet jag inte vad, eller varför det är fel. Det jag vet är att Eva, Fru Watson och min morsa håller på med något helvete.

De två vännerna valde gå tillbaka till platsen för hämta de sakerna de behövde.

Erik plockade fram knivar, hammare, tänger som de hade grävt ner i marken, som var avsatta till husägaren.

- Det där kan du roa dig med, så mycket du vill, tänkte Tobbe, det har du ändå inte mycket för. Erik ryckte på axlarna. Han hade hela tiden vetat, att det skulle vara skumt, eller ett väsen som skapade en oro, som inte gick att förklara. Han hade gjort ett försök att inbilla sig, att alltsammans bara var ett upptåg av någon busig person, som ville roa sig med att skrämma honom, men han visste i själva verket hur det förhöll sig. Korpen som flög i väg hade ju inte något mänskligt alls i den rösten, som han nyligen hade hört.

Han var alltså fullt på det klara med vad nästa dag skulle medföra, och fast han tog detta med stort lugn, såsom en person som levt ett hårt liv i anstalt kunde göra, skapade ändå funderingar hos Erik.

Erik hade ett brytningsfel, så han satte glasögonen på näsan och läste listan över de saker de behövde för kunna slå tillbaka hårt mot den husägaren, närmare bestämt ett par sidor. Därefter tittade han upp från listan, och började fundera. Det fanns ju ingen präst till hands, även om morsan kunde hjälpa honom tillrätta, utan han satt där alldeles ensam och försökte att komma till någon slags uppgörelse med den dåren.

Under sitt långa liv hade nog Erik varit med om en massa saker, som inte var så roliga att minnas en sådan här stund. Då han läste i listan, mötte honom starka och hotande ord från den som hatar synden, och härvid steg det ena besvärande minnet efter det andra upp inom honom, och Erik kände att han genomgick någon form avdet var stora saker, och det var små. En del kunde han utan tvekan ta fasta på och säga vad de gick till, medan en annan del, var det mer strul med. I vilken lista skulle han sätta upp sådant i, som hade gått illa, utan att han hade menat något ont från början, eller sådant. Erik blev låg, ju längre han fortsatte med sin planering. Det kom en kolsvart och iskall flod av synd som sköljde över honom. Han höll alldeles på att förlora sitt goda humör, och det var det sista, som han ville bli av, en sådan här dag.

Tobbe valde att åka hem till sina föräldrar, och gömma det dom båda vännerna grävt upp från kyrkogården och för att säkra sakerna som skulle ligga i föräldrarnas stuga. Under tiden verkade Erik bli allt mer och mer glad, och rätt som det var, kom de första solstrålarna i himlen, och förgyllde de svarta bokstäverna i Eriks lista.

Kapitel 27

Då höjde Erik huvudet, och blickade mot himlen, där det hemska ljudet kom ifrån, och som tog det lilla samhället i besittning tillfullo. Vad fan var det, tänkte Erik, som insåg i sin tystnad att det inte bara var en hämnd, som han skulle göra på husägaren med detta konstiga ljud.

Tobbe åker till sin flickvän Eva i den bil han fick låna av henne, och börjar även titta upp i skyn efter skumma saker. Han ser ingenting. Efter en stund i bilen, insåg han att himlen hade fått ett konstigt och skumt ljus, och i samma stund, får Tobbe ett sms från Eva som han inte kan besvara. Nu tyckte han det vore på sin plats, att ringa Erik, och stannade bilen i ett kraftigt ryck, som gjorde att Tobbe trycktes mot rutan på grund av bilbältet han inte hade. Han gick av bilen, och började direkt ringa till Erik från bilen.

- Vad fan händer? Sa Tobbe till Erik, som även hade hört detta ljud, och sett ljuset.
- Erik, vad fan var det? Sa Tobbe. - Jag vet inte, sa Erik som verkade orolig, nu verkar det ha börjat, sa Erik med en orolig stämma.
-Du Erik. detta måste vi ju kolla upp! Det känns inget bra.

Då höjde Erik huvudet och tittade mot norr, där det stora ljuset rullade upp på himlen, och som Tobbe såg i bilen. Inför det skådespelet, måste han på ett eller annat sätt ha kommit till insikt, om att han snart skulle möta ett väsen av så underbar härlighet, att det inte var honom möjligt att bemästra, eller förstå det.

Han var en komplicerad man, som inte räknade och inte heller mätte, som vi andra gör. Det var inte lönt att sitta här och ängslas, och förfäras. Allt skulle komma till rätta inför honom, som kraft, ljus, rikedom, behag, glädje och under.

- Erik! Nu citerar du bara din morsa. Erik slog ihop boken, reste sig upp och lade knytnäven på den.

-Dig kan jag inte komma till rätta med, men det går kanske lättare att göra upp om saken, sa Tobbe förbannad. Erik vill inte slå Tobbe på käften, fast han var väl värd det, med sina taskiga ord.

Erik, Tobbe och Eva, visste att något var på gång, och hela trion hör att det kommer en bil med ett dånade ljud lite längre bort. Alla tre undrar klart vem det är i bilen.

Alla blev både tysta och undrande, om vem som skulle dyka upp. Alla ville veta…
Bilen stannade, och alla såg helt frågande ut. Inne i skogen, hade hösten gjort sitt antågande, som nu påvisade sig som den kyla som kändes. Plötsligt såg trion, två personer i skuggan komma fram. De två personer de såg var Eriks morsa, och Fru Watson. Erik såg lika förvånad ut som om han hade sett ett spöke. Tobbe stirrade på Eva. Nu var det bara bekräftat att Eriks morsa, och Eva kände varandra. Erik undrade hur, det var ju en massa skumma saker som hade hänt, och alla funderade över situationen.
Eriks morsa var tydligen den som var någon form av ledare, och alla tycks känna varandra. Erik gillade inte att det var så, med tanke på kåken, där alla skulle sköta sitt eget och skita i allt annat. Men tydligen var det inte så, tänkte Erik.

Nu stod det plötsligt fyra personer framför Erik, och han undrade ju främst, vad morsan gjorde där.

-Jag ska berätta hur ni ska agera med ett Pentagram, och ge er kunskap, så ni vet hur ni ska göra. Såhär ligger det till. Ett Pentagram har ni nog alla sett någon gång. Det är en femuddig stjärna, vars spetsar är sammanbundna med fem linjer.

- Nu får du fan ge dej, morsan.
- Lyssna nu min son. Ibland kan man se en femuddig stjärna i en cirkel. Det kallas också för pentagram, fast inom matematiken godkänns den inte, eftersom det skulle förstöra den matematiska formeln. Femstjärnan i mitten av en cirkel, kallas ibland för pentakel istället, för att skilja den från den matematiska formeln.
Pentagrammet har genom alla tider räknats som en magisk symbol. Den hade olika betydelser i olika kulturer, och användes av präster och magiker redan under sent 3000-tal f.Kr. I allmänhet står pentagrammet för vit magi när den har spetsen riktad uppåt, och svart magi när den har spetsen riktad neråt.

- Åååååååhh, ge dej morsan, du gör ju bort oss med alla dina funderingar! Erik blev röd i ansiktet, så som han skämdes över henne. Inom kristendomen är pentagrammet en symbol för de fem sinnena. Inom judendomen var pentagrammet det officiella sigillet för Jerusalem ett tag.

Vissa blandar ihop pentagrammet med Davidsstjärnan, men Davidsstjärnan är inte lik pentagrammet alls, eftersom den har sex uddar. Inom naturreligionen wicca, står det för de fem elementen jord, eld, vatten, luft, och ande, och är en symbol för tro. Inom satanism görs pentagram-

met med spetsen riktad neråt, och inuti ritas ett gethuvud.
Det kallas Sigillet, och står för the Church of Satan.

- Morsan! Nu har du hållit ett långt förmanande tal om
den mörka kraften, sa Erik, som ville att Tobbe skulle bry
sig om det de båda vännerna hade planerat, istället för att
lyssna på morsan, som han inte lyssnade på.

Fru Watson började ta sakerna som låg i väskan, som hon
burit med sig på resan. I den fanns lite kläder som hon
började ta på sig, och tar nu skepnaden av en nunna.

- Tobbe började se rolig ut, sa Erik, då han vred på
huvudet och tittade på morsan, Fru Watson och Eva…Det
var inte utan att Erik började skratta högt, för Tobbe ver-
kade se ut som ett muskelberg, som inte visste fram eller
bak.

Fru Watson trodde att det var olika luriga väsen som låg
bakom de underliga ljusen. Kanske var det själar som
varken fått komma in i himlen, eller helvetet, som rolöst
vandrade runt på jorden, med en lykta som enda ljus. Om
man började följa dessa ljus ledde de bara djupare in i
skogen, för att sedan slockna och lämna en vilsen. En
annan varelse som kunde ses som spökljus i mytologi.
Han var en älva, och skojfrisk naturliga. Så är det säkert,
sa morsan. Samma grundtanke gäller för lyktgubbarna.
De ledde också de som följde efter dom vilse. Himla tas-
kigt egentligen… Lyktgubbar var osaliga själar. De hade
under sin livstid arbetat med lantmäteri, och med flit mätt
fel för att få mer land, eller flyttat sina markgränser utan
tillstånd. De gick nu runt med sina lyktor om nätterna.
Men de oärliga mätarna kunde också slippa lyktan, och
istället gå runt och mäta gamla avgränsningar i evigheter

efter sin död. Anden gick då runt med en stav som han stötte i marken.

Vad är då sanningen bakom spökljus? Sa Tobbe. En vetenskaplig förklaring är att det är sumpgas, som tränger upp ur jorden, och självantänds.

-Lyssna nu, sa morsan. Klart det inte är gas, vi har ett väsen, det finns inte gas som syns uppe i molnen, det hoppas jag att ni själv inser, även om Erik hellre hade tagit den förklaringen som rimlig………..hahahaha!!!!! Jag kommer bli riktigt rörd om du tycker samma sak, min son, och tittade på Erik med kärleksfulla ögon. Hmmm, tänkte Erik, som inte alls tänkte så, och bara ville att hon skulle sluta tugga.

- Jag har varit med om deras gudstjänster, och hur det tvättar hjärnan med sina inslag, och jag har hört dem sjunga sin psalm, och det imponerar inte alls på mig.

-Nu tänker du fel min son, men jag respekterar din uppfattning även om den inte är rolig att höra.

Kapitel 28

Tobbe och Erik valde att lämna Fru Watson, Eva och morsan. Tobbe tog tillfället i akt, och passade på när de båda två vännerna åkte tillbaka i bilen som Tobbe hade lånat av Eva. Tobbe berättade lite om de saker som hans pappa hade berättat för honom tidigare i livet.

Det handlade om gammalt folk, som visste att det runt omkring den ensamma gården förr i världen hade legat en hel by. Det var på den tiden, då det fanns gott om träd i Halland, och det växte väldiga skogar av ek och bok från havskusten ända upp till den småländska gränsen. Då hade byn med sina ägor legat som på en uthuggning, och träden hade stått runt om och skyddat den. Men så hade skogen blivit borthuggen, och inte bara den skogen, som stod närmast, utan all skog i hela trakten, ja, all skog i hela Halland.

Det sades, att Bröderna Persson skulle ha varit glada över att de hade lyckats göra sig av med skogen. De kunde nu lägga ut sina åkrar allt vidare, och de fick släppa ut boskapen på öppna vidder, där den lätt kunde vaktas.

Det var en och annan, som klagade över att det aldrig var lugnt väder, då träden inte längre tog emot blåsten, och andra jämrade sig över att de måste fara ända till Småland för att hämta ved. Men det fanns ingen, som var missnöjd på allvar. Ingen trodde, att det kunde ligga en fara i detta, att skogen var borta.

Bröderna Perssons gård låg, som sagt, alldeles vid vattnet, och de stora åkrarna sträckte sig ända ner till vattnet, och det sägs nu, att några år efter skogen var borthuggen, hände det, en höst att stormen rev upp ett par vissnade grästuvor nere vid strandkanten. Under grästuvorna låg fin, lätt sand. Den bestod nästan inte av annat än skal av musslor och snäckor, som hade blivit malda till finaste mjöl på havets stora kvarn, och den lyftes upp med vinden och började yra omkring. Sedan var det, som om vinden inte kunde lämna stranden i ro.

Gräset var snustorrt, sedan skogen inte mer höll kvar fuktigheten, och det rycktes bort av sten utan minsta svårighet. På så sätt kom allt mer och mer sand upp i dagsljuset.

Den for upp i luften, dansade omkring en stund och föll ner igen i hårda, vita drivor, ungefär som yrsnö.

Då bönderna Persson såg den där leken första gången, tänkte de intet ont om den. Men nästa vår märkte de, att åkrarna, som låg närmast havet, var i dåligt skick. Det var bara ett tunt lager, och det tycktes inte vara till stor nytta för växtligheten.

- Du kan allt få folk att lyssna på dej Tobbe, sa Erik.

Hela den sommaren blev ofantligt torr och blåsig. Säden kunde inte växa, den vissnade bort, och krympte ihop till ingenting. Under den låg matjorden torr som fnöske, och varje dag rev blåsten upp hela skyar av den, och förde bort den. Men under det tunna jordlagret låg återigen den lätta sjösanden, mald som mjöl, och redo att dansa med vinden. Det var så, att då sommaren var slut, hade stormen hela stora fält att leka med, och uppe i byn satt bönderna och såg hur den lyfte upp sandmassorna, vräkte dom mot skyn, valsade runt och kastade ner dem i drivor och små kullar, som den nästa dag flyttade och ändrade.

Bröderna Persson sa, att år efter år tog vinden ner allt från flera fält, och bönderna fick allt mindre jord att odla. De förde en kamp mot sanden, reste stängsel och grävde diken, men ingenting tycktes hjälpa. Om de plöjde och harvade, var det, som om det hjälpte vinden att riva upp sanden, och om de lät jorden ligga i fred, blev den snart så översandad, att inte ett grönt strå kunde sticka upp.

Det var inte nog med att sanden förstörde åkrarna, det var ingen ände på den otrevnad den medförde. Den låg i drivor på dörrtröskeln, då man om morgnarna öppnade stugdörren, den piskade en i ansiktet, då man gick ut, den rusade ner genom skorstenen och blandade sig i maten, och på vägar och stigar lade den sig i så djupa lager, att allt gående och åkande blev oändligt mödosamt.

Snart kunde invånarna i byn inte härda ut längre. Om några år rev ett par av dem ner sina hus och satte upp dem längre inåt landet. Varje vår flyttade någon, och till sist fanns det bara en enda gård kvar av hela byn.

Nu väntade man på, att inte heller den gården skulle bli länge stående länge mitt ibland flygsandsfälten.

Men det blev den likafullt. Bonden, som ägde den, var av sådant slags folk, som inte ville låta sig drivas bort. Det var inte för att han var så kär i trakten, så han inte kunde trivas någon annanstans, som han inte ville byta boplats, men han kunde inte tåla att bli tvingad att flytta mot sin vilja. Han ville hellre stanna där han var, och kämpa med sanden.

Sedan föll det sig så, att hans son och alla de, som efter honom kom till gården, var av samma sinnelag. De ville inte höra talas om att sanden skulle tvinga dem att flytta gården, så länge som de kunde lyfta en spade för att mota bort den. Det var ingen lätt kamp, som de hade att föra, framför allt av den orsaken, att ingen lärde dem hur den borde föras. Ingen sade till dem hur de skulle binda sanden för att förmå den att hålla sig stilla. De nöjde sig med att resa täta stängsel kring de åkrar, som låg närmast huset, för att åtminstone kunna bevara dessa.

De där människorna frågade inte efter, att de måste leva i fattigdom för sin envishets skull. De satte detta, att inte låta sig drivas bort, högre än allt annat. I stället för de stora boskapshjordar, som de förut hade ägt, hade de nu bara några få kor, och en enda häst.
Men så länge som de kunde föda dessa, var de ändå i stånd att hålla sig kvar.
Något, som styrkte dem, var nog, att det följde anseende med att föra en sådan strid. Folk tyckte om att se, att de inte lät sig fördrivas, och när bonden Persson gick fram i en folksamling, var det alltid någon, som vände sig om för att se efter den, som hade kraft att hålla ut bland flygsanden.

För hundra år sedan, då kampen mellan människan och sanden pågick som ivrigast, såg det på en gång ut, som om sanden skulle få övertaget. Bonden Persson dog plötsligt i sina bästa år, och sonen, han lämnade efter sig, var inte mer än femton år gammal, så han kom under sin mors förmyndarskap. Det var således hon, som nu skulle föra striden mot sanden, och fastän hon därtill hade skött sig väl, var det ingen, som trodde, att hon hade nog med uthållighet, för att övervinna en sådan fiende.

Kapitel 29

Sonen hette Alex. Till utseendet var han lik modern, lika ljus och vacker. Erik, han tycktes ha ett lätt lynne av naturen, men så länge som fadern levde, hade denne givit honom del av alla sina bekymmer, så att han hade blivit mycket nedtryckt, och var alltför allvarlig för sin ålder. Han och modern var goda vänner. De var överens om att de skulle försöka att hålla sig kvar på Bröderna Perssons gård och inte visa sig sämre än de förra ägarna.

Då bonden Persson hade varit död i ett år, kom en ny dräng till gården. Den andre brodern hade inte sett drängen, förrän han kom vid hösten.

- Du snackar ju bara skit Tobbe, och du låter som en gammal gubbe som tänker på gamla tider, och det irriterar mig, sa Erik.

- Hur kan du säga så? sa Tobbe, som såg fundersam ut efter Eriks uttalande.

- Klart jag blir irriterad på dej Tobbe!…Förstår du inte det, när du lägger ner en massa tid på hörsägen istället för att fokusera på viktiga saker, som vi måste prata om. Ja, vi måste planera hur vi ska göra med den jävla dåren, och det tycker jag är viktigt, sa Erik.

Han tycker att hans morsa påverkar honom genom sina värderingar. Nu var både Tobbe och Erik framme med bilen. Tobbe gick av bilen snabbt följt av Eriks fotsteg. Tobbe började treva mot den gamla stuga som han bodde i. Det stod en gammal kaffekanna på en hylla i stugan hos Tobbe, som inte på många år hade kunnat gagnas. En dag vände sig Tobbe till Erik, och frågade om han inte kunde sätta på kaffet.

-Det kan jag nog, om jag bara får se på den sa Erik, som tycker den är fin, och ser gammal ut

- Ja, det är den, sa Tobbe, och såg lite förvånad ut över att han var intresserad av gamla saker, men det tycktes han vara, så han lät Erik titta, och under tiden fick Tobbe själv gå bort till Erik och hämta kaffekannan så det blev kokt kaffe.

Efter de två vännerna hade fikat fortsatte de båda att hämnas i tanken, på den sjuka person som hade lurat Eriks mossa. Alla vapen och en tigersåg med extra klinga var nu nere i väskan. Tobbe insåg vid ett svagt ögonblick att Erik var riktigt farlig, och som absolut inte verkade ha några begränsningar när det gäller våld eller hämnd, och Tobbe var även orolig över situationen som tydligen hade börjat gälla.

Erik tyckte de båda skulle åka hem till honom och vänta på kvällen, för sedan skulle han förstå att änglarna skulle gråta när Erik stod framför honom, och tittade rakt mot den idioten….

- Erik Eriiiiiik!! Är du helt besatt när du tänker på honom? Det ryker ju för fan i dina öron!!!! Du är ju helt galen Erik! Lugna nu ner dej, så vi kan göra detta sakligt, där vi kan skrämma personen, inte döda honom.
- Sa du döda honom? Hmmm, det är inget jag vill göra mot den sjuka personen, sa Erik, som verkade ha snöat in totalt på den personen. De båda började lugna ner sig, fast Tobbe tyckte att Erik var på gränsen till att släcka personen i fråga.

Efter ett par dagar blev Tobbe återigen orolig. Erik hade talat om hur mycket hans morsa hade hört ljudet i sin ungdom, och då hade väsnet tagit fram en fiol och börjat spela.

-Jaja, det måste ju vara NÄCKEN. sa Tobbe som såg rädd och orolig ut.

–Hallåååå, lyssna nu Tobbe, på vad morsan sa…
Först hade han spelat trögt och osäkert, som om han inte skulle vara mycket hemma i konsten, men med ens kastade han huvudet tillbaka, ögonen började glänsa, och stråken for med fart och kraft över strängarna. Det visade sig att han var en spelman. När han kom rätt i tagen, kunde inte kvinnfolken hålla sig stilla, utan de började dansa. Tobbe däremot, satt orörlig och bara lyssnade. Han hade knappt hört någon god spelman förut, och han blev så glad åt musiken, att han bara ville hålla sig stilla och suga in tonerna i öronen. Medan han satt och lyssnade som bäst, hände det något besynnerligt.

Det var ett svårt minne, som dök upp i hans tankar och som störde honom i njutningen. Han såg för sig ett sådant där följe, som brukade dra fram genom landet. Det kom inkörandes till deras stuga med ett par stora vagnar, som bara tycktes vara lastade med skitsaker, och som drogs av eländiga, utsvultna hästar.

Med vagnarna följde långa, magra karlar med ansikten fulla av ärr, fula, feta kvinnor, och en oändlighet av svartögda Lismare, som sprang omkring överallt och tiggde allt, vad de såg. Fadern hade inte varit hemma, när de kom, och modern hade de skrämt, och tvingat att ge dem allt, vad de begärde. Hon måste ge dem mat, brännvin, hö, ull och kläder, så när de äntligen drog sin väg, hade huset blivit tömt, och allt detta kom han ihåg nu, då han spelade. Han försökte komma ifrån det, men det var något i spelet, som påminde honom om de gällde de högljudda rösterna.

-Sådant skit är inget att bry sig om, sa Tobbe som för en gångs skull, gjorde något som inte var skrockfullt. Erik tyckte han ville lyssna på hans ord, och var tydligen tillbaka som han brukade vara. Både Tobbe och Erik började lägga ner sakerna som Tobbe hade i sin väska ett tag. När allt var klart gick de båda vännerna åter ner till bilen igen. Deras blickar var ett faktum. Deras tystnad sa mer än tusen ord. De båda gick på vägen, innan de kom fram till bilen där de trängde sig in i folkhopen, men då kom Fru Watson på samma väg, och undrade så klart var dom var på väg.

Snabbt svarade Erik, att de var på väg att ta en fika, eller se en film. Fru Watson trodde säkert inte dom, med den blicken, och det var förståligt. De tre gick vars en väg, men Erik och Tobbe kollade var Fru Watson gick, för undvika konflikt av något slag. När de båda var säkra på att Fru Watson gått, kunde de lugnt gå in i bilen igen. När de båda satt där, började de tala om idioten, och hur dom skulle göra. Dom talade långt och länge, och gick nu av bilen för att åka buss sista biten.

Kapitel 30

Bussen bromsade in, och med ett pustande ljud öppnades bakdörren. Erik stod på trottoaren. Idag var det varmt! Det var 28 grader plus ute på gatan. Han kände svetten över pannan, och gick hemåt, tröjan klibbade mot ryggen, och ett konstant rinnande av svett letade sig ner mot boxershortsen. Tänk att kalluften aldrig kunde fungera riktigt på de där förbannade bussarna. Det var bara några dagar sedan kylan gjorde sitt intågande och nu är det asvarmt.

Kvarteret var i likhet med resten av stan, tyst och öde. De som kunde hade tagit sig till stranden ett par mil bort. Till och med fåglarna satt tysta och vägrade lämna trädens skuggor.

- Idag är det vaaarmt! Säger Tobbe.
- Du Erik? Fortsätter Tobbe.
- Vad är det? Svarar Erik.
- Jo, det sitter en gubbe i en traktor som stirrar kroniskt på dej, Erik.
-Varför tror du det Tobbe!?
-Tror? Sa Tobbe, som återigen hade blivit paranoid av att se gubbens blick. Erik tog själv en titt på personen, och insåg snabbt att det var " Den glada fakturan gubben " som Erik kallar honom, och som var gift med den personen som Erik kallade för Plommonet.
-Hur kan du tycka om den personen Erik? Han har ju nästan kört över dej med sin jävla traktor, han verkar ju tråkigt jobbig…

-Lugna dej nu Tobbe, han fick ju sladd på sin traktor och hade svårt att stanna...

-Haha det tror jag inte en sekund på Erik, nä han är skum så han håller jag ögonen på, sa Tobbe...

Erik ville ju lita på honom, och även om Tobbe hade skapat sina tvivel, så ville han släppa den personen, men undrade klart varför Erik kallade han för den "glada faktura gubben"

-Jo, det är för att jag aldrig vetat vad han heter, därför har jag kallat honom det, och hans fru kallar jag för Plommonet, för att hon är vacker som en tidig morgonbris, och det bästa är, att FakturaGubben inte vet dessa tankar...

- Eller är det kanske det han förstår och försöker köra över dej utan att berätta det för sin fru. Sa Tobbe.

-Jaja sa Erik, nu skiter vi detta, vi har annat att göra.

De fyra trapporna kändes som ett arbetspass, och som alltid spanade han ut mot trappuppgången innan han stängde dörren och låste de båda extralåsen. Inga brev i brevkorgen. Äntligen hade han hittat en sådan för att undvika att all post hamnade på golvet bland alla bakterier och smuts. Nåja, det var ju bara reklam och räkningar som kom, så ingen post var lika med en bra dag. Sedan styrde Tobbe sina steg in i köket och kontrollerade att kyl och frys var stängda.

Därefter dags för spisen. Handen svepte fyra gånger över alla knapparna, först med högerhanden sedan vänster. Avstängt. Bra. Han ställde ner väskan på sin exakta plats bredvid det lilla köksbordet och gick ut i sovrummet. Med koncentrerade och kisande ögon svepte han med blicken över Det Stora Flödet. En svettdroppe sved till i ögat.

Fanns det ytterligare något att tillföra? Han mindes att kölappen på apoteket idag, hade nummer 18. Samma nummer som busslinjen till jobbet. Och idag var det den 18 juli. Betydde det nåt? Han tvivlade på det, men tog tuschpennan och skrev "18" längst ner på ett av pappren. Så tog han upp urklippet från dagens tidning, det som rapporterade om den mystiska kyrkan öster om stan. Snabb genomläsning. Jo, kunde ha relevans. Han häftade fast det bland andra utklipp och funderade lite till.

Nej, dags för en middagslur. Favorittiden på dagen när han kunde låta hjärnan tänka fritt en stund innan sömnen tog över. Han slängde sig ner på rygg och blundade. Många av sammanhangen i Det Stora Slaget var tydliga. Alltför uppenbara för att betrakta som slump. Egentligen existerar ingen slump, enligt Tobbe. Allt hänger ihop, fast ofta för komplext för att kunna förstås. Störst prio idag: bilkraschen. Varför? Varför talade den så till honom? Nåt var på väg att söka upp honom. Bussar. Värmebölja. Hjärnans tankebanor började svaja. Tidningsurklippet flög över skogen och exploderade. Siffran 18. Grinande väsen. Tobbe fick en svag förnimmelse om att ställa larmet på klockradion men drev iväg bland molnen och somnade.

Genomsvettig slog han upp ögonen. Hur länge hade han sovit? Klockradion signalerade 11:16 med alarm röda siffror. Satan också. Hade han verkligen glömt sätta larmet? En rutin som satt i ryggmärgen från kåken. Han satte på en kanna med starkt kaffe, därefter öppnade han två fönster för att få lite tvärdrag. Lägenheten var som en ugn. Tillbaka till sovrummet och Flödet. Tobbe satt sedan och arbetade med att tyda linjer och sammanhang. Mer kaffe. Sjukskrivning från lagret imorgon. Inget snack. Detta krävde all hans tid för tillfället. Nu började saker uppenbara sig. Och verkade mer…fulländade. Någon form av genombrott kändes nära.

Tobbe blick följde de planer som Erik hade tänkt ut. Steg 1… vem var fienden. Hur ska man kunna känna igen planerna?
Klockan 02:17 rasade han ner i sängen, mentalt utmattad. Nästa morgon hade han ringt och sjukskrivit sig. Dags att få i sig någon frukost innan tankearbetet skulle fortsätta.

Kapitel 31

I hallen, på väg ut mot köket stannade han tvärt. Nåt i
ögonvrån. Där! I brevkorgen. Hjärtat drog igång.Tobbe
sprang fram och kikade i titthålet. Trappuppgången stod
tyst och tom. Snabbt in i sovrummet och kika genom per-
siennen. Ingen på gräsmattan. Fönstret i köket. Inte ett liv
på gatan. Bara en sopbil som åkte iväg långt borta i vär-
men. Han närmade sig paketet i brevkorgen som en jägare
närmar sig ett okänt villebråd. Brunt papper. Slarvigt ins-
laget med ett grovt snöre lindat runt. Ett hostande och en
långsam blinkning som för att övertyga sig om att detta
verkligen hände. När hade det slängts ner? Inatt? Han var
extremt lätt väckt men inte hört ett skit. Ett djupt andetag
sedan lyfte han försiktigt upp paketet och skred långsamt
ut till köksbordet.

Det innehöll nåt hårt och ganska tungt. Ingen avsändare
på baksidan heller. Mycket försiktigt tog Tobbe bort
pappret bit för bit. Plötsligt gled nåt ut och for med en
tung duns ner på golvet. Instinktivt hoppade han isär med
fötterna. En stor kniv! En sådan där gammaldags, re-
korderlig slaktarkniv med på nitat trähandtag. Det breda
bladet var säkert trettio centimeter långt. Styckar stål.
Ögonen bara stirrade som om de inte kunde förstå vad de
såg. En slaktarkniv! Nån har gett mig en fet jävla
slaktarkniv." mumlade Tobbe. Sedan såg han att en liten
papperslapp också fallit ut på golvet. Han vecklade ut den
och läste en mycket gammaldags handstil:
"Till Ert Skydd. Vid kyrkogården imorgon.
Med vänlig hälsning: Anonym."
Blicken vandrade mellan kniven och brevet flera gånger

då telefonsignalen sprängde den heta tystnaden i atomer. Tobbe flämtade till, och efter en tredje signal greppade han luren med en darrig och svettig hand.

-Tobbe här.

En hes mansröst i andra ändan:

-Hej, Tobbe! De här är Per från Försäkringsbolaget. Det gäller den besiktningen för huset, som Eriks morsa köpt.

Tobbe hade aldrig gillat den där självgoda idioten. Och den dialekten gjorde inte saken direkt bättre. Blicken riktades åter på kniven som låg på köksgolvet.

-Eh, ursäkta. Besiktning?

-Just den ja. Ja vet inte varför du aldrig öppnar eller hör av dig, men det här är ju viktiga saker som rör kyrkan och väsen. Det förstår du säkert. Nu är det bara din lägenhet kvar.

Tobbe lyssnade halvt frånvarande eftersom han försökte klargöra om samtalet hade med paketet att göra. Med en viss lättnad kom han fram till att det inte hade det.

-Visst, klart det är viktigt…

Men Per hade fått upp ångan och öste vidare:

-De verkar ju som du inte förstått det. Därför meddelar jag nu att vi tänker genomföra ”kuppen besiktningen” imorgon klockan 9.00. Är du inte hemma då så går vi in med huvudnyckel. Är det okej för dej Tobbe?

Tobbe gjorde ett halv lyckat försök att låta trevlig:

-Det går bra! Och skulle jag inte vara hemma så går ni in med huvudnyckel. Vi kör på det. Hej!

Han lade snabbt på luren, för att slippa höra mer av den förbannade försäkringsnissen.

Bara sekunder senare var Per bort raderad ur medvetandet. Tobbe satt i soffan med kniven i handen och tänkte.

Med frånvarande blick noterade Tobbe passagerarna som klev på bussen vid hållplatserna. De var få och nästan uteslutande gamla personer. En kategori människor som han tyckte särskilt illa om. Klena figurer som planlöst flöt omkring i tillvaron och bara kostade pengar. Mockaskor, grå kappor, kärring permanent. Tobbe kollade var busen hade gått…Bussen krängde och gnisslade sig upp och ner för det kulliga ängslandskapet innan landsväg 23 fortsatte sin slingrade bana in i granskogarna..Hm! Tänkte Tobbe. Fingrarna bearbetade och skruvade på den svettiga papperslappen vars budskap fastnat som ett mantra:
"Till Ert Skydd: Vid kyrkogården imorgon.
Med vänlig hälsning: Anonym."
Där framme på en stor äng syntes tälten som de resande satt upp.

Det såg ut precis som han mindes, trots att han inte satt sin fot här sedan han var liten.

Turistbussar stod redan på planen jämte ett antal bilar. En varm gräsdoft slog emot Tobbe när han klev ut. Fyra långa rader med bord. Alla hade någon form av tälttak för att ge lite svalka alternativt regnskydd åt knallarna. Bredvid fanns ytterligare en rad med större kompletta tält där man serverade lättare förtäring, samt familjerna i öltältet. Han gick tillbaka till Öltältet när han funderat klart.

Tobbe funderade ett ögonblick och bestämde sig sedan för att starta med det där öltältet. Dels för att svalka sig, dels för att lugna nerverna som nu var mycket påfrestade. Eftersom det ännu var tidigt på förmiddagen var tältet nästan tomt. Han satte sig vid ett av träborden med en flaska öl. En oprövad sort, och bara för att han tyckte om öl och den hade en snygg etikett, kände han sig tvungen att testa det. Två stora klunkar senare kom facit: för ljust och sött. Vedervärdigt. Han tog en sista smutt och återvände sedan till den gassande solen. Var skulle han börja? Och framför allt, var höll den mystiska Lismaren hus? Lika bra att finkamma bordslängorna en efter en. Ett djupt andetag.

Redan vid det första försäljningsståndet insåg han varför det inte blivit något marknadsbesök på alla dessa år. Bordet bågnade av grytlappar och hemslöjd. Alltid samma skit! Otroligt att folk kunde resa långa vägar för sånt här. Försäljaren var givetvis en gråhårig ragata i övre medelåldern. När hon fick syn på Tobbe slogs försäljarleendet på, och händerna började automatiskt vika bland tygerna. Tack gode gud, att han hade solglasögonen hängande i t-shirtens. Med en snabb rörelse åkte de på, sedan fortsatte han bort. Kvinnans öppningsfras fastnade i halsen och lite irriterad började hon spana mot nästa potentiella kund.

Vid bord nummer två stod en äldre man och sålde flätade korgar och skärbrädor med handmålade blommotiv. Tobbe tittade på försäljaren och hemslöjden utan att stanna. Längre fram fick han syn på en massa cd-skivor och dvd-filmer. Mest en massa samlingsvolymer med 50-talsrock, många med tröttsamma namn som "Raggarrock 11" och liknande. Medan han fingrade bland fodralen svepte blicken runt området. Skannade. Läste av. Filtrerade intryck. Allt fler människor hade anlänt, och stället började bli ett stort töt av folk och tälttak. Dofter av popcorn och sockervadd kryssade fram i den tilltagande värmen. Sorlet steg sakta men säkert. Det slog honom plötsligt att någon från lagret kunde dyka upp. Skulle ju vara ganska olämp ligt eftersom han var sjukskriven. Men än så länge syntes inga bekanta ansikten. Han strosade vidare.

Brevskrivaren kunde ju vara vem som helst här. Han kanske inte ens var försäljare. Ett gällt rop:
-Tobbe! Vad fan, är det du? Det var inte igår!
En kille i fyrioårsåldern kom med snabba kliv. Tobbe blev stående alldeles kall. Men killen gick rakt förbi honom och skakade hand med en annan längre bort. Han rättade till sina solglasögon och andades lättad ut. Svetten började leta sig ner efter ryggen. Men Tobbe intalade sig att detta kunde bli en mycket intressant dag och gick vidare längs marknadsstånden.
-Känner du till såna här?
En medelålders kvinna med en psykedeliskt mönstrad bandana så man höll på att bli tårögd höll fram något mot honom.
-Drömfångare! Riktiga grejor. Tillverkade av indianer.
Hon höll upp den med ett undrande leende.
-Riktigt bra pris också. Vet du hur den fungerar?
-Fin. Men har redan en. ljög Tobbe, och gick vidare innan hon fick chansen att fortsätta sin plädering om de fantastiska indianerna.
Metodiskt hade han nu avverkat två långa bordsrader utan att få napp. Fanns mannen här tro? Tänk om brevet bara varit ett sjukt skämt? Här fanns hundratals människor och ingen hade gett några tecken på att vilja kontakta honom. Men magkänslan envisades med att nåt stort skulle ske här idag. Upphetsen kom tillbaka och rad nummer tre väntade.

Vid det första bordet såldes klockor. Säljarna var två svartmuskiga herrar, som stod och diskuterade något sins emellan. Klockor var något som Tobbe gillade att titta på. De flesta var intetsägande och billiga. Många dåliga Breitling och Rolexkopior för några hundralappar. Hade man tur höll de ett par månader. Hade man otur så hade visarna lossnat lagom tills man kom hem. Han fick syn på några lustiga ur som såg gammalmodiga ut.

Tobbe tittade upp på en av de slitna männen.

-Ursäkta?

Han pekade på klockan i Tobbes hand.

-Den där stilen är gammal. Ganska häftiga va?

Tobbe nickade, och hängde tillbaka klockan.

Plötsligt slog hans näsa i något som rasslade till. Ett järnkors?

Kapitel 32

Nästa bord var fullkomligt belamrat med prylar. Dolkar, hjälmar, små flaggor och annat. Ovanför hängde stora sjok av medaljer, halsband och olika järnkors. Krigssaker. De flesta av prylarna hade en ganska övertygande patina. En man kikade fram bakom all bråten.

-Läckra kors, va?

Tobbe tog av sig solglasögonen. Detta hade han aldrig sett på någon marknad förut. Mannen fortsatte:

-Riktiga grejor alltihop. Allt har sin egna historia. Gillar du järnkorsen? Många kallar dem för kors. Men det är de här med dubbla spetsar. De vanligaste varianterna är kors-riddarnas gamla symbol. Heter egentligen Georgskors. Visst är de vackra?

Han räckte över ett halsband till Tobbe som nickade. De var verkligen nåt speciellt med det gamla korset. Tungt och repigt.

Det vilade nåt bekant över försäljaren, eller liknade han någon? Han tog av sin halmhatt, och torkade svetten med en näsduk innan han lutade sig ännu närmare Tobbe. Med väsande röst sa han:

-Men jag har nåt annat här som du ska få se.

Med en duns landade ett par pilotglasögon på bordet. Gammaldags modell med glas, och slitet läder. Tobbe tog upp dem. De kändes tunga i handen.

-Pilotglasögon.

-Japp. Men inte vilka som helst. Läs på sidan.

Tobbe kisade för att tyda det som stod inpräntat med röda bokstäver i lädret.

-"L?"

-Har tillhört Lismaren. Du känner till honom eller?

-Ja. Tyskt, som kallades Baronen.

-Han och ingen mindre, sade försäljaren och log brett.

"Största rariteten på marknaden. Samlare betalar vad som helst för en sån klenod."

-Och hur kan man veta att de är äkta?

Mannen tog fram en liten trälåda som han öppnade. Insidan var klädd i röd sammet och där låg ett brev och ett gammalt foto.

"Äkthetsintyg från Lismaren"

Tobbe tog försiktigt upp fotot. Det svartvita och lite suddiga kortet föreställde en flygare, stolt leende framför sin dubbeldäckare. På pannan hade han ett par pilotglasögon av samma modell. När han tittade noga tyckte han sig även se bokstäverna på sidan. Skulle absolut kunna vara desamma som han höll i handen.

-Tja, inte illa. Lite konstigt att stå på en sån här…enkel marknad och sälja nåt så eftertraktat. Eller..?

Mannen lutade sig fram igen och Tobbe kunde se något flimra i de grå ögonen.

-Inte konstigt alls, faktiskt. De är ju ämnade åt dig.

-Vad menar du?

Mannen lade tillbaka glasögonen i asken tillsammans med intyget och fotot. Sedan sköt han asken mot Tobbe.

-De är dina. Du kommer behöva dem.

Ögonen glittrade och den tidigare så sociala personen hade nu blivit mycket allvarlig och ögonen verkade blixtra.

-En gåva. Från Lismaren till Tobbe. Så, ta dem nu. De är dina.

Tobbe kände sig underligt frånvarande när han tog emot gåvan. Som i en dröm gick han tyst iväg mellan marknadsstånden. Hade han vänt sig om skulle han sett mannen, som kallade sig Lismaren, vinka och le brett med sina glesa framtänder, men Tobbe var på väg mot bussparkeringen med lådan krampaktigt i händerna. Marknadssorlet nådde inte längre hans öron, och inga tankar fanns i hans sinne. Busspåstigning. Sätet längst bak. Ögonen var som grumliga glaskulor, och utan uppfattning om tid och rum kvicknade han till och märkte att han satt på bussen på väg hem. Händerna kramade alltjämt om trälådan och minnet började komma tillbaka tillsammans med en ökad upphetsning. Det var ju faktiskt Lismaren som stått vid marknadsståndet, samma Lismare som skrivit brevet. Men vad hade hänt sen? Hade han blivit hypnotiserad? Och Lismaren? Vad var det egentligen för ett underligt namn?

Tobbe satt längst bak i den nästan tomma bussen. Värmen var som vanligt olidlig. Det var panikångest. En kittlande förväntan kom när han började studera trälådan. Egentligen borde han kanske vänta tills han kom hem med att öppna den.

Plötsligt hördes ett tjut. Tobbe snodde runt och tittade ut genom bakrutan. Två killar i tioårsåldern cyklade skrikande i full fart farligt nära bussen. Han vände sig tillbaks igen och öppnade försiktigt asken. Där låg de! Röde Baronens flygglasögon. Varsamt satte han ner asken på sätet bredvid och vägde dem i handen. Vad var grejen med de här? Hade inte Lismaren sagt att han skulle be höva dem? På nåt sätt var detta en del i den Stora Operationen. Någon form av verktyg. Försiktigt kollade han att ingen tittade på honom, sedan tog han på sig glasögonen som passade perfekt. Allt såg annorlunda ut genom de repiga tunga glaslinserna. Världen böljade i ett rött sken och allting i bussen verkade en aning förvridet.

Bakom honom skrek pojkarna igen, och han vände sig om. Men, det var inga cyklande tioåringar bakom bussen längre. Istället såg han två vargar i full fart. Ögonen lyste med ett gult sken och de enorma käftarna slog i luften så saliven yrde. Galen blodtörst sprätte i de lurviga kreaturen. Bussen krängde sig igenom en skarp kurva och en av vargarna höll på att tappa fotfästet. Men snart var de båda två framför Tobbe igen. Han stirrade paralyserat på dem. De stirrade stint tillbaka.

Nu kunde han till och med höra deras läten. Ett lågt mullrande ljud och flämtande andhämtning. De långa klorna rev upp stora stycken av asfalten när de dundrade fram. Så gjorde den högra besten ett utfall mot bussens bakruta. Ett jättesprång och Tobbes blickfång fylldes upp av ett ursinnigt gap. Dödens röda svalg. Han slet av sig glasögonen och satte sig ner i sätet igen med slutna ögon. Det kändes som om hjärtat skulle hamra sig ur bröstet. En duns slog mot bussen och chauffören saktade in och stannade. Tobbe satt fastfrusen med glasögonen i ett hårt grepp.
Vad fan..?

Chauffören klev ut genom framdörren, och skyndade bak efter bussen. När Tobbe kikade ut genom bakrutan igen såg han de två våghalsiga cyklisterna. En av dem satt stil la på sin cykel med ett fånigt uttryck, den andre låg och grät strax bredvid. Cykelns framhjul, var format som en åtta och grabben hade skrapat upp både knän och armbågar ganska ordentligt. Inga tecken efter några vargar syntes. Inte heller spåren efter den upprivna asfalten fanns kvar. Det var bara två cyklande…småkillar?

Omtumlad och förvirrad lade Tobbe ner glasögonen i lådan och klev ut genom bakdörrarna. Utan att lyssna vidare på chaufförens förmaning till barnen tog han ett djupt andetag. Han gick resten av vägen hem.

Kapitel 33

Strax utanför Stadens lilla centrum låg polisstationen. Fyra personer satt samlade i ett kvalmigt konferensrum: Kommissarie Anton samt inspektörerna André och Ewa. Polischef Tore tog av sig sina läsglasögon och torkade svetten ur pannan.

-Underhåll skulle fixat ac:n vid det här laget, jag vet. Men vi får försöka stå ut.

Anton hade knäppt upp skjortan lite. Något som Tore skulle påpekat under normala omständigheter. Men läget i stan kunde knappast arkiveras under termen "normalt". Tre av tolv poliser sjukskrivna, en förlamande värmebölja, och nu en minst sagt mystisk olycka.

-OK, mina herrar. Dags att ta tag i den här mystiska bilolyckan. I förrgår spärrades ett mindre område av invid riksväg 21.

-Exakt var?

-Knappt två kilometer utanför östra stadsgränsen. Vid ett…skogsparti.

-Skogsparti? Kunde nästan ana det. mumlade Anton, medan Tore bara blängde på honom, och fortsatte läsa sina anteckningar.

-Teknikerna är klara med sin preliminära rapport, och här är vad vi har i grova drag. Bilen ifråga, är en Ford 92 års modell. Kraftigt demolerad. Mycket tvära bromsspår leder från vägen, tvärs över ett brant dike på vänster sida. Själva vraket har stoppats av en granstam åtta meter in i skogen.

- Åtta meter?!

-Ja, jag mätte faktiskt, måste haft en jäkla fart. Det mesta är som sagt krossat och mycket delar och glas ligger i området. En man hittad avliden i bilen. Nacken knäckt, och en gren som gått in genom rutan, och slitit sönder halva ansiktet. Ser för jävligt ut. En…, Anton bläddrade i blocket. …John. 47 år, och boende i huvudstaden med sin morsa under tiden, hans lägenhet blev renoverad. Har inte så mycket mer på honom ännu.

-Inget i registret? Undrade André.

-Nä. Inte så mycket som en parkeringsbot. Dödsorsaken är ju ganska uppenbar men det är något som jag inte blir klok på.

Anton pustade.

-Dessa förbannade dårar på vägarna, men det brukar ju oftast vara artonåringar som lånat farsans bil, eller påtända biltjuvar. En ostraffad 47-åring på en landsväg nattetid. Mitt i ingenstans? Skumt. Droger i blodet kanske?

-Möjligt. Kroppen bör vara hos obducenten snart. Får se vad han hittar.

Anton skakade på huvudet.

-Och varför sköter inte trafikavdelningen detta?

Anton knäppte händerna på bordet och tänkte allvarligt på inspektörerna.

-Därför att det finns fler mystiska omständigheter, än att olyckan ser väldigt konstig ut. Inga spår efter fler personer har påträffats. Och den döde sitter i passagerarsätet.

Göte kikade upp från sina papper när Per från försäkringsbolaget klev in i fastighetsskötarnas källarlokal.

-Ah, där är du ju Göte. Ledsen att behöva kalla hit dig igen, men det går snabbt. Jag ringde den där Tobbe och sa att vi kommer idag.

- Hoppas han är hemma nu då, sa Göte.

- Lugn. Ja sa till att vi går in med huvudnyckel annars. De vet han om.

Lägenhet tolv var helt tyst. Persiennerna var nerdragna, inga fläktar igång, och ingen kyl eller frys som surrade. Lamporna var släckta, och alla propparna från elskåpet låg uppradade på köksbordet. Brevid honom på sängen låg brevet och kniven. Tobbe satt med Röde baronens glasögon på pannan. Han var lycklig. Den stora stöten var fullbordat. Vem nu den där Lismaren än var så hade han skänkt redskapen. Ett par glasögon som kunde avslöja fiendens rätta tryne. Visa hur världen egentligen såg ut bakom konspiratörernas slöjor. Och en kniv till självförsvar…eller anfall. Sak samma. Anfall är ju bästa försvar som man brukar säga.

Trappsteg ekade i uppgången. Tobbe for upp direkt och snurrade nervöst kniven i handen medan blicken flackade runt i den dunkla lägenheten. Han smög fram till dörrens tittöga, satte glasögonen på plats och kikade ut. Trappan skevade sig upp i ett ljusaktigt sken och väggarna pulserade, och verkade nästan organiska. Det såg ut som om trappan slingrade sig upp genom en jättes tarm.

Stegen närmade sig, och Tobbe höll andan, medan svetten sipprade nerför pannan. Lätt grymtande hördes nerifrån. Fingrarna kramade om knivhandtaget.

Två huvud dök upp i trappan, de såg ut som skalliga väsen. Tobbe flämtade till, och fortsatte stirra. De var uppe på avsatsen nu, och en av dem pekade med en klo mot dörren. Den andre nickade, och log ett vidrigt och tandlöst leende. Fler förvrängda grymtanden. Tobbe försvann in i lägenheten.
-Här e det. sa Per, och nickade mot dörren. På en handskriven lapp upptejpad bredvid handtaget stod det idioten.

Fastighetsskötaren ringde på. Efter andra signalen vände han sig mot föräkringsmannen.

- Ja du, Per. Det var som jag trodde, vi får ta huvudnyckeln.

Göte halade fram en stor nyckelknippa och fumlade en stund med att hitta områdets huvudnyckel.

- Här!

Han körde in den i låset och vred om. Sedan stoppade han ner den skramlande högen i fickan igen. Handen kramade handtaget ett kort ögonblick, sedan öppnade han försiktigt dörren. En instängd värme slog emot dem från den mörka hallen. Göte klev in, men stannade till på dörrmattan.

- Hallå? Någon hemma?

Total tystnad.

-Nä, vi får gå in då.

Han vinkade åt Per att komma in samtidigt som han försökte hitta en strömbrytare.

- Fan vad mörkt det är här, mumlade Göte.

Båda synade väggarna i den lilla hallen då Göte fick syn på en knapp. Men när han tryckte på den hände ingenting.

- Konstigt. Lampan har tydligen gått. Jaja, vi tänder därinne.

De kom in i köket stannade upp och lyssnade. Luften i lägenheten kändes kvalmig och instängd.

- Slår vad om att ljuset inte funkar här inne heller.

- Varför tror du inte det? Undrade Göte.

Men Per svarade inte utan gick fram till kökets strömbrytare och tryckte. Fortfarande mörkt.

- Hur visste du det?

- Man brukar alltid höra ett svagt surr från kylen eller frysen, men här är tyst som i graven. Huvudsäkringen måste ha gått. Konstigt, men tur för den där Tobbe att vi kom nu innan maten i kylen går åt fanders.

196

-Vänta här, Per, så går jag ut i hallen och kollar.
Göte gick fram till proppskåpet och öppnade luckan. Men
därinne var kolsvart. Irriterad kände han om någon av
propparna satt löst.

Det gjorde de inte. De fanns inte där alls. Göte blev
mycket konfunderad.

- Hemskt ledsen Per, men det här är helskumt. Måste ty-
värr hämta en ficklampa bara. Ser ju inte ett skit…"
Göte stelnade till. Var det en duns han hörde utifrån kö-
ket?
"Per? Per?!"

Göte gick ut i köket igen med en känsla av olust i krop-
pen. Men Per syntes inte till.
- Var e du?
Samma kvävande tystnad. Göte började kisande se sig
omkring. Han klev förbi köksbordet, och fram till köks-
fönstret. Där drog han upp persiennerna. Rummet blev
aningen ljusare. Då fick han syn på alla säkringar som
stod prydligt uppradade på bordet. Han gick fram och tog
en i handen.
"Vad faan..?"
Men han bestämde sig för att först hitta Per.

Tobbe andades så lugnt och tyst han kunde. Blodet gjorde
knivhandtaget halt så han torkade det försiktigt mot
duschdraperiet.

-Per! Är du inne i badrummet?
Tystnad.

Göte gick iväg mot badrummet, och halkade till precis
utanför dörren. Han hukade sig för att se vad det var för
sörja på golvet. En vidrig skitaktig lukt kändes från pölen.
Blod?!

Göte, som nu var helt konfunderad slet upp badrumsdörren. Därinne låg en kropp orörlig på klinkergolvet. Under den spred sig en mörk blodpöl över plattorna.
-Vad i helvete?

Kapitel 34

Kriminalinspektör André klev under plastbandet som var märkt, "polisavspärrning" och gick bort mot de andra männen borta mellan granarna.

-God morgon!

Brottsplatsutredarna vände sig om.

-Hallå André, är du redan här igen?

Morgonen är den stunden jag tänker klarast på dygnet, och lite andhämtning innan värmen börjar friterar hjärnan. Inspektör André gick försiktigt fram till männen och fick sick sacka sig fram mellan allt bråte. Kvar på marken låg en massa småskärvor av plast, glas och metall. Här och var låg numrerade lappar på marken. Små personliga tillhörigheter och spår som omsorgsfullt fotats.

-Nya fynd? Det måste finnas nåt mer?

En av utredarna klev fram mot André.

-Nja, vi har bara hittat några småsaker. En tändare och ett par nyckelknippor. Skickat på analys. Och kanske, jag säger kanske, har vi spår från en andra man.

-Man?

-Tja, eller kvinna förstås. Följ med här så ska jag visa.

De gick bort snett mot den branta dikeskanten, och utredaren visade ett par avbrutna kvistar, och något som kunde vara ett spår i jorden. André satte sig på huk och granskade den lilla kala jordytan.

- Går det att få ut nåt av det? Ser ganska...luddigt ut?

-Nä. Vi har inte ens försökt få till ett avtryck. Det är tyvärr den enda spåret vi hittat.

André funderade.

-Hmm. Men det stärker ändå teorin om att det var två

personer inblandade. Inte för att det gör mig mycket klo-
kare.

-Nej. För var i helvete finns den andra? Grabbarna har
finkammat stället grundligt, och om personerna nu inte
har samma blodgrupp så kommer allt från någon annan.

-Dum fråga kanske, men finns det en teoretisk möjlighet
att nån kan ha överlevt kraschen?

Brottsplatsutredaren skakade på huvudet, om det inte var
Lismaren, och skrattade ironiskt.

-Teoretiskt kanske, men om det är den personens spår vi
sett så borde denne ha fallit ihop av skadorna och ligga i
området.

Anton stod tyst en stund och blickade runt bland träden.

-OK, tack. Leta vidare och hör av er. Jag åker och hör vad
Brottutredarna fått fram.

Kapitel 35

Göte vände runt kroppen, som kändes som en tung docka. Huvudet tippade onaturligt mycket åt sidan, och blottade ett jack som öppnat upp hela halsen. Pers blodiga ansikte gick knappt att känna igen, och med ett kvidande släppte han den lealösa kroppen, som ramlade ner med en otäck duns. Han backade ut med ögonen låsta på byltet som låg där. Ena foten halkade åter i blodsörjan och Göte for baklänges ner på golvet. Med skräckfyllda stönanden fick han se att duschdraperiet dragits undan.

Där stod en leende man med blicken dold av konstiga glasögon. I handen höll han en enorm kniv. Göte skrek i panik och började sittande hasa sig bakåt. Men sekunden senare var mannen över honom. Knivbladet hackade och skar som en frenetisk maskin.

Tobbe hade haft en mycket intensiv natt. Sina blodiga kläder hade han slängt i sopnedkastet, och innan den långa duschen hade han skurat golvet, och rivit ner *Den Stora Operationen* från sovrumsväggen. Monstrens kroppar hade varit mycket besvärliga att stycka. Utan glasögon såg han att det var fastighetsskötaren, och en annan okänd person. Förmodligen mannen från försäkringsbolaget. Tobbe var dock glad att glasögonen avslöjat deras rätta jag. Därför hade han på sig dem under styckningsarbetet. Det kändes trots allt lättare att skära i ett monster än något som såg ut som en människa. Kylen och frysen var tömda på sina blygsamma innehåll. Det var där delar av kropparna befann sig nu. Resten låg i påsar under sängen, men Tobbe visste att det snart skulle börja lukta från lägenheten. En flyktplan var nödvändig nu. Han lade sig på sängen och funderade.

Tankarna började ta surrealistiska språng och snart flöt han in i en orolig sömn. Ljudet av fiskmåsar. Han befinner sig på en strand. Den fina ljusa sanden sträcker sig bort mot horisonten. Till vänster övergår den i grästuvor och småbuskar. Längst bort kan man ana tallkronor. Åt höger sveper stillsamma vågor in, och luften känns frisk och salt. Tobbe börjar långsamt gå bortåt. Ingen människa syns till någonstans men han känner en underlig själsfrid här. Platsen verkar bekant. Här har han varit förut. Långt därute över havet flaxar fåglar nära ytan. Då och då dyker de i jakt på fisk.

Tobbe, som plötsligt noterar att han är barfota, strövar vidare. Den friska brisen känns kvavare. Blicken fastnar vid något långt bort.

Vad är det som sticker upp på stranden? Ett torn?

Han ökar stegen men vid sidan av nyfikenheten smyger sig en stigande oro in. Det är något som inte stämmer. Nu är himlen tom på pelikaner, och det har blivit onaturligt tyst. Tornet, eller vad det nu är, går fortfarande inte att urskilja tydligt men en annan gestalt syns också där borta nu. En mindre figur borta i diset som verkar vara på väg mot honom. En människa? Tobbe ska precis vinka när hans fötter trampar i något vasst, massor av vita snäckskal. Ena foten blöder och han…svor till och satte sig upp i sängen.

Obducenten Gunnar var något av en ensamvarg. Han såg äldre ut än fyrtionio år med sitt tunna spretiga hår, sin krökta hållning och de gammaldags glasögonen som ständigt befann sig längs ner på nästippen. Alla som träffat honom undrade när de skulle ramla över kanten, men det hade aldrig hänt. Hans arbetsplats: skåp, redskap, tvättställ och fyra sängar. En rostfri miljö under kall lysrörsbelysning.

-Godmorgon!

-Godmorgon, svarade Gunnar, som stod och tvättade händerna i ett handfat i rummets bortre ända. I likhet med de flesta poliser avskydde Anton två saker med sitt yrke: lämna dödsbesked till anhöriga, och vistas i denna lokalen. Han höll alltid skenet uppe, men kunde inte vänja sig vid lik som hamnat här efter en våldsam död. Att någon kunde välja detta som yrkesbana var något som fascinerade honom.

Två av britsarna var tomma, de andra två var täckta av filtar. André gick bort mot den ena. Precis innan handen skulle dra bort filten sköt Anton in.

-Du…jag såg kroppen i bilen. Och ärligt talat så var det det värsta jag sett. Så du behöver inte visa. Vi kan väl köra ändå?

André såg lite förvånad ut men ryckte på axlarna och lade tillbaka filten.

-Absolut. Du bestämmer, och till och med en härdad gammal räv som jag får väl hålla med. Det här var fasen ingen vacker syn. Rapporten ligger på ditt skrivbord strax.

-Låter bra. Inget speciellt du kan berätta nu? -Inget mer än det jag hört innan?

-Tja, inte mycket egentligen. Du undrade om droger, men inget sånt fanns. Ingen alkohol i blodet heller, och de inre organen var i prima skick…ja innan olyckan så att säga. Så vad jag kan se, var han en renlevnadsmänniska. Så med risk att göra dig besviken består min rapport bara av den självklara dödsorsaken.

-Med alla vidriga detaljer, hoppas jag?

André bjöd på ett av sina sällsynta leenden.

-Alla vidriga detaljer finns där. Precis som du vill ha det, Anton.

I korridoren utanför sitt rum mötte de båda Polischef Tore.

- Där är ni ju! Hur gick dörrknackningen?

De slängde en uppgiven blick på varandra innan Anton tog till ordet.

- Tja, det gick ganska snabbt. Det finns ju bara tre stugor i området. I den röda längst bort mot sjön var ingen hemma. Sedan har vi det lilla vita torpet bortom rastplatsen. Där bodde en ensam gubbe som knappt hade nån hörsel kvar. Han hade sovit som en gris vid olyckstillfället.

- Och stugan på andra sidan vägen?

- Precis, där fick vi napp. Ett äldre par bor där. Båda hade vaknat av smällen och klirrandet, men hade inte fattat vad det var, och eftersom båda går dåligt vågade de sig inte ut för att kolla.

-Och ringa hit hade de ingen tanke på..?

André ryckte på axlarna.

-De påstod att deras telefon krånglar.

Tore pustade och himlade med ögonen.

-Visste de vad klockan var när smällen kom?

-Ja, det var de åtminstone helt säkra på 01:48

- De hade inget annat att förtälja? Inte sett eller hört nåt mer?

- Sorry. Ingenting.

Tore kliade sig i huvudet.

-Fyra timmar innan den där bilisten larmade oss då. OK killar. Jobba på.

Tore gick in i sitt rum och stängde dörren. Ett samtal till sjukhuset gav inte heller något. Ingen skadad patient hade dykt upp i samband med olyckan. Inget spår åt något håll än så länge. Tore lättade på slipsknuten, och slog näven i skrivbordet.

-Fan!

Kapitel 36

Tobbe kände ett lugn lägga sig efter tuppluren. Bara en vag känsla från stranddrömmen fanns kvar. Så vittrade den också bort. Dödandet hade varit i nödvärn men tog ändå på nerverna. Fast nu var det dags. Planen var mycket enkel. Snabbt ta sig långt bort från staden, rakt norrut mot köpcentret som låg i utkanten, skaffa lite förnödenheter och sen bort genom skogarna, därefter fick det bli improvisation tills nya idéer dök upp, måste få kontakt med likasinnade. Han kunde ju inte vara den enda som såg sanningen. Lägenheten var så säkrad den kunde bli efter omständigheterna.

Tobbe satt och snörade på sig skorna. Kniven var nerkörd i bältet och pilotglasögonen låg i en av byxornas vida fickor.

En tom mindre ryggsäck för kommande proviant hängde runt ena axeln. Han tittade runt en sista gång i rummet han aldrig mer skulle se, och det var inte nostalgi, eller vemod han kände. Tvärtom, ett slags upprymdhet. Nu skulle kriget börja. Var Tobbes tillstånd befann sig, eller om han skulle möta fler, hade han ingen aning om. Inte heller om det fanns fler kämpar därute. I den sämsta av världar skulle han stå ensam mot konspirationens kreatur. Om så var fallet skulle han åtminstone kämpa tappert och ta med sig så många som möjligt, innan det bittra och oundvikliga slutet som missförstådd hjälte.

Kvällsmörkret började sakta inta staden. Tobbe hade gått ner i källaren och smygit ut vid bortre gaveln. Här ville han bli sedd av så få som möjligt, och risken för upptäckt var ju störst här i området. Ett parkområde. Sedan en lång och glest trafikerad villagata som ledde bort mot köpcentret. Han drog en luva över huvudet och började promenera. Varje gång en bil passerade förde han handen bakom ryggen och höll den mot knivens handtag. En trygghet. Men han tyckte inte om att ha pilotglasögonen i fickan. Utan dem gick det inte att se världen i sitt rätta ljus. Inte heller kunde man avgöra vem som var vän, fiende, människa eller monster.

När han kikade över gatans häckar och staket såg han många bilar på uppfarterna, och familjer som satt vid sina patetiska köksbord och åt, helt ovetande om det annalkande kriget. Tobbe började känna ett stigande förakt för alla dessa naiva och blinda medborgare.
Långt där framme på trottoaren kom någon emot honom. Förmodligen ingen fiende men att gå utan Baronens glasögon kändes obehagligare för varje minut. Tänk om det var ett av monstren som kom mot honom? Förutom figuren där borta var området öde. Tobbe drog upp glasögonen ur fickan och krängde på sig dem. Luvan drog han ner långt så ögonen skymdes i skugga. Världen fick åter det där röda skenet, och allting pulserade och förvreds. Husen svajade lätt bakom köttstycken, och hela gatan verkade sakta svaja av och an. Jodå, nog var det ett monster alltid. Allt för långt bort för att urskilja tydligt, men det var ingen tvekan. Den hasande och hukande gången, de lysande ögonen. Snabbt pejla omgivningen. Huset till höger verkade tomt. Ingen bil. Nerdragna persienner. Tobbe sprang in på uppgången och bort efter häcken. Här kunde han sitta på huk, och spana ut mot gatan utan att bli

upptäckt…om nu inte monstret kunde känna hans lukt. Han grep tag om kniven, och drog fram den. Pulsen ökade. Svetten började sippra i pannan, och han höll andan och lyssnade. Inget hördes, så en försiktig framåt lutning för att kika mellan det slemmiga och röda bladverket. Inget i sikte än. Handen rullade runt i knivbladet och hjärtat slog hårt i bröstet. Handsvett. Torka! Nytt grepp om den stora slaktar kniven. Fortfarande inget väsen. Vita knogar. Hade det försvunnit, eller kanske gjort en kringgående manöver från ett väsen, för att överraska med en attack bakifrån?

Efter en halv minut vågade Tobbe inte vänta längre, han var besviken, och insåg att det förmodligen bara fanns en Lismare. Hukande smög han tillbaka mot villans uppfart där häcken slutade. Några djupa andetag, och kniven i ett hårt grepp. Fokus nu! Han höll huvudet nära häcken och kikade ut på gatan. Där var den! Tre meter ifrån honom! Den kom springande. Ett djupt gurglande läte, ögonen sken blekgula, och den käftliknande munnen var halvöppen och blottade rader av sylvassa tänder. Tobbe gjorde en snabb rusning med kniven framför sig. Han förde den i en båge mot monstrets hals, men det hann parera, och bladet touchade bara dess vänstra axel. Ett vrål hördes, och en klo tog om såret, medan den andra fäktade efter Tobbe. Han snurrade snabbt runt bakom monstret och högg kniven med all kraft mellan dess skulderblad och ryggrad.

Kallt slaktarstål som effektivt forcerade senor och kärl. Ett kvävt vrålande sedan segnade det ner på asfalten. Tobbe dök ner, och tog tag om knivskaftet. Det satt stenhårt i monstrets rygg. Då ryckte kroppen till i några

spasmer, och blev sedan liggande livlöst. På tredje försö-
ket lyckades han dra upp det långa bladet. Mängder av
blod svallade fram, och färgade monstrets rygg mörkröd.
Tobbe tog tag om kragen och släpade in den tunga krop-
pen på garageuppfarten där han stått nyss. Monstret låg på
mage, och en rännil med blod sipprade bort på asfalten.
Han rullade in kroppen mot häcken så den inte syntes från
gatan, och nu kunde jorden suga upp det mesta av blodet.
Men uppfarten såg för jävlig ut.

Tobbe var uppjagad, och skakade i hela kroppen. Den
avtorkade kniven satt åter i bältet och glasögonen var i
fickan. Ingen mer syntes till på gatan. Han fortsatte bort
med ett dimmigt tunnelseende, och en konstig känsla av
att det här bara var en dröm.

Kapitel 37

Hej, polishuset.

-Hallå Polisen.

Ja, det är hit du ska ringa…

Försvunnen säger du. Sen när?

OK.

Sa du Erik?

Vilken adress bor ni på?

Får jag be om ditt namn, och var jag kan nå dig?

Tack så mycket.

Absolut. Nej, det tar vi på största allvar. Och tänk på att nästan alla försvinnanden får ett uppklarande. Det har ju inte gått så lång tid…

-Nej, det förstår jag. Vi jobbar på det och återkommer så snart vi vet nåt. Och du hör också av dig om han skulle dyka upp?

Tack. Hej då.”

Erik undrade ju klart var hans gamla vapendragare var, och nu var han tydligen försvunnen utan att han visste hur det gått till.

Morsan ringde Erik, och frågade om han ville komma, för det hade tydligen hänt något.

-Jaha!? sa Erik, vad har nu hänt?

Den person som var din kvinnliga besöksperson i huset, har tyvärr gått bort, efter den hjärnblödning hon fick, och ska begravas.

-Det var ju inte bra, sa Erik, men jag hinner inte komma, har mycket jag ska göra, hoppas du fattar det, morsan.

-Hur som helst min son, Begravningen är på Söndag, och den ligger på ett värmetråg över jorden i 2-4 dagar om det

är mycket tjäle, så du hinner säkert på begravningen.
Båda avslutade samtalet.

Kriminalinspektör André stod borta vid kaffeautomaten.
Efter samtalet klev han fram till disken.
- Nån försvunnen person hörde jag?
- Ja, det var den andra anmälningen på tio minuter. Lustigt, kan knappt minnas när vi fick samtal om försvunna vuxna senast.
André funderade ett ögonblick.
-Du Eva, kan du skriva ut de där anmälningarna?
Två knackningar på Andrés dörr.
- Ja, kom in.
Eva ställde sig innanför tröskeln med två papper framför sig.
- Vad är det där? Undrade André
- Två anmälningar om försvunna personer.
- Ok. Lägg dem här så ska jag kolla på…
- Nä. Jag tänkte att du kunde sticka på det, säger Eva.
André rullade bak stolen från skrivbordet och vände sig mot Eva.
- Sticka på vad?
- Kolla här! Efter alla år får man en snutkänsla. Nåt som larmar nere i magen att nåt inte stämmer. Det har säkert du med. Eller?
-Jo…kanske, svarar André.
-Det har kanske inte nåt att göra med den där olyckan, men i så fall vill jag verkligen förvissa mig om att det inte har det. Och eftersom det är ganska lugnt i övrigt och olycksutredningen…kört fast tillfälligt, tänkte jag att ni kollar lite på det.

- Var ska vi börja då? Undrar Eva
- Tja, vi kan börja med denna. Det ligger ju bara två kvarter bort.

Solen började går ner bakom stadssilhuetten västerut. Det kändes nästan som om gatan sträcktes ut framför honom, precis som i en mardröm, men till slut såg han neonljusen borta vid köpcentret. Fortfarande inga andra människor ute. Kanske stod det ett monster bakom villornas fönster och iakttog honom i detta nu? Tobbe kände en rysning, och drog ner luvan lite till, samtidigt som han skyndade på stegen ytterligare.

Den något svalare kvällsluften kändes skön som omväxling till den kvalmiga lägenheten. Han funderade på hur länge det skulle dröja innan polisen skulle dyka upp där. Hur länge ligger kroppsdelar innan de börjar lukta? Om inte annat så skulle ju Göte och den där försäkringsgubben anmälas som saknade snart. Att vara på flykt kändes både stressande, och skönt. Nu var kriget igång. Till höger längre fram, fanns en öppen plats mellan villorna. Han gick dit, och satte sig på en bänk. Det kändes som om man tänkte bättre ute i friska luften. Dags att bara ta sig en kort funderare och lägga upp strategin. Samla tankarna.

- André och Anton.
Anton höll polisbrickan framför kvinnan inne på Försäkrings bolaget. Hon log i ett misslyckat försök att se samlad och lugn ut.
- Jaha. Gäller det vår försvunna medarbetare?
- Ja.

Anton såg snabbt på pappret i handen.

- Vet du vem på kontoret som kan ha sett Per senast?

Kvinnan såg lite generad ut.

- Ja, han har ju inte varit borta så länge. Men hans fru ringde och lät skärrad. Ja det kan man ju förstå. Det händer ju…

Anton log sitt stela kom-till-saken-leende. Något som kvinnan verkade förstå direkt.

- Det var jag, som talade med honom senast. Vi var några som jobbade lite senare igår. Vid 19 tiden skulle han iväg och avsluta ett ärende.

- Ärende?

- Ja alltså, för en hyresförening i stan som har avtal med oss. Man har gjort andra jobb där, och när det är klart skickar vi någon som kollar att hantverket är riktigt gjort.

- Jaha. Jag förstår. Per var alltså en sån inspektör.

- Precis. Han hade visst bara en lägenhet kvar att kolla. Jag vet inte vilken, men du kan få adressen till föreningen.

- Men för helvete!

Anton vände sig om.

-Vad är det med dig?

André slet upp en av lapparna ur bakfickan och läste. Sedan viftade han med den i luften.

- Tyckte väl jag kände igen adressen. Titta här! Den andre killen, Tobbe, som också är anmäld försvunnen jobbar som fastighetsskötare i just detta området. Jävligt konstigt eller?

Anton ryckte på axlarna. Efter en stunds letande hittade de en lägre fristående tegelbyggnad mitt i höghusområdets grönområde. Ovanför dörren satt en liten plåtskylt som förkunnade vaktmästeri. Göte. När ingen öppnade så kände han på handtaget. Det var öppet. Poliserna gick in i lokalen.

- Hallå!?
Inget svar. Anton hittade en strömbrytare och tände. Det stora rummet var någon form av verkstad med olika bänkar belamrade med prylar. Sågspån. Öde. Tre stora lysrör spred ett kallt sken i lokalen som doftade svagt av metall och gammal källare. På väggarna hängde fyra stora verktygstavlor. Tänger, sågar, hammare, skruvlådor, spiklådor. På långväggen mittemot lyste det från ingången till ett mindre rum. De slängde en snabb blick på varandra och gick dit. När de klev in i det inre rummet fick de syn på ett skrivbord överfullt av papper och pärmar. Och över alltihop låg en lapp. Skrikande med stora bokstäver:
"KOM IHÅG! LISMAREN. LÄGENHET9."

Kapitel 38

Exakt samtidigt som Inspektör André fick larmet så reste sig Tobbe från bänken, och gick vidare mot köpcentret. Planen var färdig i hans huvud. In i affären och skaffa förnödenheter. Hålla så låg profil som möjligt. Vid krisläge: inte tveka att använda kniven. Sedan ta sig till kommunens vandrarhem. Borde hinna dit på någon dryg timme om han genade genom skogen som redan syntes i fjärran. Avvakta där i några dagar tills marknaden skulle slås upp igen. Och sedan leta upp Lismaren, om det fanns fler.

Eller åtminstone fråga de andra gubbarna var han kunde befinna sig. Det fick duga så länge. Det, och leta upp fler krigare.

Ganska folktomt. Bra.

Plötsligt hördes ett gällt barnskrik långt bakom honom. Han snodde runt men det var för långt bort. Det gick inte att se någon. Bara en lång rad gatlyktor som försvann bort efter den mörka tomma gatan. Kunde det vara ett barn som upptäckt det döda monstret bakom häcken? Pulsen började skena och han satte fart över parkeringen mot entrén.

Luvan nerdragen. Kniven stadigt i bältet. Tobbe såg sig snabbt omkring.

Foten bröt en osynlig stråle och de stora glasdörrarna sköts tyst upp. Den stora svala lokalen lystes upp av blåaktiga neonlampor, och ur högtalarsystemet hördes dämpad pianomusik. Han gick igenom grinden och tog en orange varukorg. Snabb koll åt vänster. Endast en kassa bemannad. En ensam kille i 25-årsåldern fullt upptagen med ett mobilsamtal. 7 långa rader av mat i butiken. Bakom dessa fanns ytterligare 4 st hyllrader på tvären. Allra längst bak i lokalen låg de manuella chark- och delikatessdiskarna, dock inte bemannade så här sent. Vad behövdes? Konserver och nåt att dricka till att börja med. Efter ett ögonblicks fundering bestämde sig Tobbe för att finkamma hyllorna från början till slut.

Kunde ju dyka upp proviant han inte tänkt på. På början av den första hyllan fanns det servetter, engångsbestick och attiraljer för barnkalas. Artiklarna snurrade omkring i huvudet i en prioriteringsprocess. Foliepapper, tejp, muggar, termosar. Fan! Längst bort hann Tobbe skymta en kund som precis försvann runt hörnet. Instinktivt slog han handen mot fickan, för att försäkra sig om att Baronens glasögon låg där. Det kändes mycket besvärande att inte ha dem på sig. Att inte säkert kunna veta om den han mötte var en vanlig människa…eller om det var ett monster, men det skulle väcka alltför stor uppmärksamhet med ett par pilotglasögon. Han var tvungen att vara vaksam, och försöka stå ut. Snart hade han nått änden av första gången, ännu med en tom varukorg. Känslan av att befinna sig i ett fiendenäste blev alltmer förlamande. Det gällde att behålla fokus. Visa att han var värdig som handplockad krigare.

Pulsen steg hela tiden och magen började knorra och vrida sig. Han svängde in i nästa gång och ett tiotal meter bort stod en medelålders man hukad bland konserverna längst ner. Tobbe stannade, och låtsades leta efter något på hyllan framför sig. Svett porlade sig på hela kroppen och pianomusikens svala toner överröstades av hans egna febriga hjärtslag. Försiktigt halade han fram glasögonen ur byxfickan. Mannen därborta verkade helt uppslukad av sitt val av krossade tomater, och hade inte noterat hans närvaro. Snabbt och diskret höll Tobbe upp ett av baronens repiga glas framför ena ögat, och slängde en snabb blick på mannen.

Han flämtade till och retirerade bakom hyllgångens hörn. Det hade bara tagit en sekund men monstret var avslöjat. Handen som kramade om en soppburk visade sig vara en hårig klo. Det var allt han hunnit skymta, men det räckte mer än väl. Fanns det fler kreatur i butiken? Hade de upptäckt honom? Snabbt åkte glasögonen på, och Tobbe försökte andas lugnt när han drog fram kniven ur byxlinningen. Den låg skönt i handen, och sinnena skärptes. Hissmusik och livsmedel: avstängt. Fyra saker återstod: flyktvägar, anfallsvägar, han och bytena. En del av honom kände frid. Dags att befria den här butiken från monster. Tobbe log.

Kapitel 39

Han skred långsamt runt från rum till rum. Blicken svepte över alla detaljer. Vem är du? Vad driver dig, Anton? Tekniker hittade säck efter säck med styckade kroppsdelar och den unkna luften stank av blod. Värst var det vid tröskeln till badrummet. Anton ansåg sig vara en rutinerad polis som sett det mesta, men den här över-sittarrollen sa allt med generös marginal.

-Alla säckar är hittade. Skulle gissa på att det är två kroppar.

-Och jag skulle gissa på att de heter Göte och Per…

Anton avbröts av sin mobiltelefon.

- Ja, det är Anton.

Han bleknade och nickade.

- Det är uppfattat. Vi kommer. Och skicka dit förstärkning fort som fan.

Nu ska jag berätta om samtalet.

- Ännu en kropp hittad på Storgatan 34. Verkar vara en gubbe. Troligen knivmördad. Röj vidare här gubbar, och ring mig om det skulle dyka upp något mer av intresse. André, du hänger med mig. Ännu ett knivmord, antagli-gen vår kille som gett sig ut på turné. Vilken jävla kväll!

Han hade närmat sig mannen med tysta steg. Plötsligt reste han sig upp och tittade förvånat på Tobbes agerande tidigare. Kniven for med våldsam kraft rakt in i magen. Mannens ögon stirrade och ur munnen hördes ett kvävt gurglande. Handen släppte konservburken som dunsade ner i golvet och rullade iväg. Tobbe kastade sig mot ho-nom, och vräkte ner honom på golvet med ena handen för mannens mun. Snart låg kroppen helt stilla, och Tobbe kände något varmt på handens insida. Han ryckte bort den, och en våg av blod vällde ur mannens mun. Utan att tänka tog han tag om fötterna och släpade bort kroppen mot charken strax intill. Genom den låga svängdörren och in bakom disken.

Steg hördes i lagerrummet bakom disken. Tobbe släppte kroppen, tog ett hårt grepp om kniven och smög hukande in. Där höll en anställd ung kille på att stapla upp grönsaker.

- Vem är du? Här inne får du inte vara. Är det något?

Den stirrande blicken i pilotglasögonen och den blodiga kniven fick honom att tystna.

Killen backade sakta med händerna avvärjande framför sig. Ögonen stirrade, och munnen bad inkräktaren besinna sig, men som i en mardröm. Inga ljud lyckades tränga upp ur strupen. Snart stod han med ryggen mot en vägg. Tobbe höll pekfingret framför munnen som ett tecken att vara tyst. Killen nickade ivrigt, och en tår glimmade i ena ögat, och något annat glimmade ner för ena låret.

- Lyssna! Du är en vanlig kille, jag är Lismaren, och vanliga killar låter jag vara.

Killens ord var rena skitsnacket. Troligen nån påtänd pundare som var ute efter snabba pengar. Men vad gjorde han då här i charkrummet?

- För om du för oväsen så sitter den här i halsen direkt. Fattat?

Tobbe höll upp knivspetsen framför killens ansikte.

- Så nu är du tyst. Skaka eller nicka på huvudet om jag frågar nåt. Är du ensam i charken?

Han nickade igen. Tobbe tyckte synd om honom, men det fanns ingen tid för diplomati.

- Finns det nåt omklädningsrum här bakom?

Killen nickade en tredje gång med blicken skelande mot det blodiga knivbladet.

- Bra. Gå lugnt och stilla dit. Jag följer med.

Utanför varuhuset hade mörkret lagt sig. Parkeringens höga lyktor spred sitt sken likt enorma spotlights på en scen. Polissirener och blåljus skulle snart dominera natten här, men inte riktigt än. Lismaren var inte klar med arbetet än. Fler liv befann sig på upphällningen. Uppe på en av stolparna satt något som inte hörde hemma här. Ett stort väsen med blicken stint fäst mot entrédörrarnas skinande glas tittade på Tobbe. Allt var tyst. Allt höll andan ett tag till…

Snabb genomgång i huvudet. Till hans fördel: butiken var nu tom på kunder, och bara två i personalen fanns här. En bunden i omklädningsrummet, och en fåne i kassan som tjattrade i mobiltelefonen. Till hans nackdel: stora blodspår på golvet och övervakningskameror. Eller fanns här kameror? Jo, klart som fan. Men just nu kunde han inte se någon. Slutsats: plocka åt sig det allra viktigaste och försvinna ut i natten fortast möjligt. Det fick bära eller brista!

Han gick tillbaka ut till charken och fick syn på en lång kniv. Snabbt övervägande. Jo, ett reservvapen var bra. Han körde försiktigt ner den i bältet bredvid den blodiga slaktarkniven. Baronens glasögon åkte ner i jackfickan. Han kom inte ihåg var han lagt ifrån sig varukorgen, men det spelade ingen roll, det fick bli några varor i handen och sen iväg. Plötsligt slets den sövande bakgrundsmusiken sönder av ett gällt gnällande.

- Men jag vill åka hem nu!
Tobbe stelnade mitt i ett steg. Fler kunder? Hade han missat dem?
Plötsligt kom de rakt emot honom. En mamma och hennes son som drog i kjolen.

- Du sa ju att vi skulle köpa godis! Du sa ju det.
Fru Watson ryckte bort sonens händer.
- Nu lugnar du dig. Det är natt nu, och då måste man vara tyst i affären.
Fru Watson fick kontroll på sin grabb ett ögonblick, och log ett ursäktande leende mot Tobbe, innan de försvann ner i nästa hyllgång.
- Mamma, var den Farbrorn en mördare?
- Vad är det du säger? Så klart han inte är.
- Men han hade ju blod på kläderna.
De tystnade, och Tobbe stod som fastfrusen.

Först nu såg han hur kläderna såg ut, efter att ha släpat iväg killen mot charkdisken. När han tittade upp mötte han mammans blick innan hon och sonen skyndade bort mot kassan.
- Mamma! Du glömde korgen.
- Vi handlar imorgon. Kom nu!
Tobbe strök frånvarande med handen mot sina blodfläckiga jeans. En kort stund tickade hjärnan i friläge, och till slut kom växeln i. När som helst kunde hon larma polisen, och då var det kört. Hon måste undanröjas till vilket pris som helst.

Killen i kassan tittade upp och såg lite förvånad ut när mamman och barnet tomhänta rusade ut genom kassan. Ute på parkeringen drog hon upp honom i famnen och sprang med sprängande lungor mot sin lilla Ford. Bakom dem gled entréns glasdörrar upp på nytt.

- Varför är du så rädd, mamma? Är de en mördare?
- Vet inte. Så, upp i stolen nån gång!

Utan att bry sig om barnstolens säkerhetsbälte snodde hon snabbt runt huven, och kastade sig in på förarsätet. Det kändes som flera minuter innan hon fick tag i rätt nyckel. På tredje försöket åkte den in.

Pojken kikade med stora ögon bakåt genom sidorutan.

- Mamma! Mördaren kommer! Han har konstiga glasögon!!

Hans skräckfyllda skrik dränkte moderns svordom när bilen äntligen började rulla. Hon slängde en snabb blick i backspegeln. Var han borta? Hade grabben bara låtit fantasin skena? Hon försökte ta ett lugnt andetag och tryckte ner gaspedalen. Båda tjöt när en hård duns slog i huven. Hela siktfältet fylldes av en uppenbart galen man. Blodstrimmor spreds på vindrutan av hans klösande. Mamman mötte ett par ursinniga och blodsprängda ögon bakom ett par pilotglasögon. Sedan upptäckte hon att mannen höll en enorm kniv i ena handen som fruktlöst slog emot huven och vindrutan. En isande panik var nära att förlama henne, men bilen hade fått upp farten nu. Hon svängde skarpt fram och tillbaka, och däcken tjöt ikapp med henne och barnet när ekipaget krängde omkring på parkeringen som i en berusad mardröm.

- Bort från oss ditt jävla psykfall!! Vrålade mamman Fru Watson i hysterisk falsett.

Nu hade bilen fått upp farten rejält, och vid nästa sväng orkade inte Tobbe hålla i sig längre. Händerna gled över vindrutan, och kniven studsade ner på marken. Sekunderna senare rullade han själv ner med en duns. Medan han svärande kom upp på fötter försvann bilen bort i mörkret. Killen i kassan hade kikat ut när motorn vrålat ute på parkeringen, men butikens fönster speglade sig bara mot mörkret.

Ett tag funderade han på att gå ut och titta efter, men det kändes inte rätt att lämna kassan. Istället plockade han upp mobilen, och fortsatte med sitt spel. Kunde bli highscore denna gången. Naturligtvis noterade han inte att dörrarna gled upp, och inte heller de lätta, men snabba stegen på väg mot honom. I sista sekunden blickade han upp från sitt spel, men för sent. En kniv hann killen knappt konstatera innan den satt djupt inborrad i halsen. Den hade med ursinnig kraft trängt in bredvid adamsäpplet, och sedan kapat muskulatur och senor på sin väg bak mot nacken. Den satt stenhårt, så Tobbe tappade greppet om handtaget, och kniven följde med när killen rasade ner på golvet i kassabåset. Han hoppade över kanten och sträckte sig efter den. När han lirkade ut den så krasade det, och hela golvet färgades rött.

Sirener. Blåljus.

- Åhhh, jävla skit… mumlade han och tog sig ur kassabåset. Charken! Nej, omklädningsrummet! Så fick det bli. Fanns det inte en bakdörr där? Tobbe mindes inte riktigt, men rusade dit. På väg till charken så slog han i högra låret i en bänkkant. Det ilade till men han valde att stänga av smärtan. Han haltade fram, och slet upp dörren till omklädningsrummet, som till hans stora förvåning var tomt. Helvete! Charknissen låg ju bunden men hade tydligen lyckats smita. planen åt helvete. Handen ryckte febrilt i dörrhandtaget. Låst!

Till er vetskap:
- Tobbe! Det här är polisen! Vi vet att du är där inne!
Han smög hukande bort till charken, och kikade ut genom affären. Längst bort bakom kassorna irrade ett intensivt blått sken in genom de stora rutorna. Blå rektanglar som svepte över golv och hyllor.

- Byggnaden är omringad!
Lång tystnad.
Kriminalvårdsinspektör André tog ett par djupa andetag och lyssnade vaksamt.
- Tobbe. Låt det vara nog nu innan nån mer kommer till skada. Kan du komma fram mot kassan och visa dig?

Under tiden kom Eriks morsa och försökte tala honom till rätta, hon hade även ringt till Erik för att kanske få han på rätt sida igen. De båda hade ju en lång tid på kåken, så var det någon som kunde lugna ner honom så var det Erik…Men just nu ville snutarna klippa han.

Tre kikarsikten var riktade in mot butiksfönstren. Tystnad. Stillhet.
Anton lutade sig mot den närmsta skytten utan att släppa blicken från den upplysta butiken.
- Fanns det fler utgångar än nödutgången på sidan, och bakre dörren?
Skytten skakade på huvudet.

- Nej. Har kollat. Och använder han dem tar vi honom direkt.

André nickade.

-Bra. Avvakta tills jag ger er tecken. Den här jävla psykopaten vill jag ha ut levande.

Några djupa andetag, så tog André upp megafonen igen.

- Tobbe! Lyssna nu! Jag vill att du sakta och lugnt går fram till den öppna golvytan innanför kassorna.

Kikarsiktena spanade runt, men såg inget röra sig. Poliserna andades mycket lätt. Hjärtat började öka sina slag, pirr i kroppen, och adrenalinet var ett faktum. Svettiga fingertoppar mot avtryckarna. Ett neonljus som sprakade svagt på parkeringen. Annars var det tyst som i ett bankvalv.

Skytten viskade åter till André.

- Ska vi gå in?

- För riskabelt. Den här killen är extremt våldsbenägen. Vi avvaktar. Han kommer…han kommer.

Efter två extremt uttänjda minuter såg de något röra sig långt inne i affären. De två skyttarna som kunde se figuren höll andan. Fingrarna höll en aning hårdare mot avtryckarna. En man kom sakta gående mot kassorna.

- OK. Jag har honom.

- Vad?!

- Bra, Tobbe! Lägg dig på mage mot golvet. Spreta ut med armar och ben.

Kapitel 40

Mannen där inne syntes tydligt nu. En kille i trettioårsåldern, smalt byggt, och med trasiga kläder. Han verkade lite rådvill, men såg ändå förvånansvärt avslappnad ut. Likgiltig på något vis. Precis när André skulle upprepa ordern så böjde mannen på knäna, och la sig försiktigt ner på golvet. André viftade med handen åt en av de tre skyttarna. Denne gick snabbt fram mot entrédörrarna. Allt som hördes i natten var suset när de for åt sidan. Polisen tog ett djupt andetag, och gick sakta in med ögat i automatkarbinens sikte. Strax innanför kassan låg en kille helt stilla mot golvet. Ansiktet var vänt bort, och kläderna hade stora röda fläckar. Det svettiga håret låg i bruna testar mot butikens sterila klinkers.
- Jag vill att du försiktigt tar fram din kniv, och skjuter iväg den på golvet mot mig.
Polisen stod bredbent några meter ifrån Tobbe redo med vapnet.
Tobbes hand trevade sig ner mot byxlinningen och halade fram kniven. Han knuffade iväg den över de blanka golvplattorna och polisen stannade den med foten.

- Fy fan, vilken slaktarkniv. tänkte han, när han såg att det breda långa bladet sticka ut under kängan. Medan han hade Tobbe i siktet, närmade sig en kollega långsamt. Denne ställde sig gränsle över benen, och böjde sig ner för att låsa Tobbes armar bakom ryggen. Snabb som en ödla snodde Tobbe runt på rygg och slet upp reservkniven ur bältet. Polisen halvstod fortfarande, så bladet nådde bara lårmuskeln. Polisen grymtade högt, benet vek sig, och han segnade ner mot Tobbe som hade fått nytt grepp om kniven. Med en sista kraftansträngning svepte den dödliga eggen i en båge mot ansiktet. Men polisen hade sinnesnärvaro nog att kasta huvudet bakåt. Spetsen slet upp ett ytligt sår på kinden. Polisen vrålade medan han kastade sig åt sidan. Allt för att komma undan galningen, och samtidigt ge sin kollega klart skottfält. Sekunden senare lämnade två skott automatkarbinenspipan.

Blåljusen virvlade ännu ute på parkeringen. En bår lastades in i ambulansen. Anton och André satt på huk strax utanför den röda pölen där liket låg. Deras puls var fortfarande på väg ned. Anton kände att han ännu darrade i hela kroppen, som bestod av adrenalin.

- Tror du polisen klarar sig? Frågar Anton
- Ja. Ja för fan! Svarar André. Lårmuskeln tar nog ett tag, men repan i kinden var ju bara ytlig. Han klarar sig.

Antons röst bar inte längre, så han avslutade meningen med att bara skaka på huvudet. Han tog några djupa andetag. Får kolla upp den här galningen. Måste vara djupt störd, eller har han bromsvätskor i lederna.
André reste sig upp och pekade mot liket. Tobbes kropp hade omedelbart dött efter ett skott i axeln och ett i huvudet.
- Vad är det där? Sa Anton, och pekade på det som liknade en bibel, med en djävel på sidan.
- Den ser precis ut som den Fru Watson har, sa André. Hon var hans fru.
- Har din fru sådana saker? Anton såg helt frågande ut.

Med tanke på att Anton trodde ett pentagram bara användes av Djävuls dyrkare, så var André tvungen att förklara hur det låg till. När André hade förklarat för Anton insåg

han att den där Fru Watson hade en stor makt på alla då-
liga väsen, och genom Eriks morsa kunde Fru Watson
säkra och skydda samhället mot onda krafter.
- Så Fru Watson är en god person?
- Ja, det är precis så det är, sa André.
André ställde sig bredvid, och fick syn på föremålet som
låg i blodpölen. Han satte sig på huk och kisade. Där låg
ett rött läderband, och två krossade glaslinser.
- Ett par pilotglasögon?
- Hm, sa André som började undra hur allt skulle sluta,
och fast Lismaren lämnat in, så är han osäker på situat-
ionen, den skapar stor osäkerhet…

Anton var själv tagen, men hade bestämt sig för att lösa
det, fast han visste det skulle bli svårt.
André hade åter ringt till Eriks morsa, och även till Erik.
Han förstod att Erik och Tobbe hade något planerat, som
de inte ville berätta, och som de båda skulle göra, nu var
det bara polisen, och underrättelse avdelningen som inte
visste vad som skulle hända, och jobbade i mörkret.
André fråga direkt varför vissa personer hade Pentagram
inklusive HANS FRU? - Vet du inte det, din skumma
underrättelseGubbe?
- Vad fan är ett Pentagram sa Anton?
- Nej, då hade jag inte fört det på talan
- Ja ska berätta allt nu när Tobbe är död, sa Erik
Tobbe och jag planerade att hämnas på HUSÄGAREN,
som lurat min morsa att köpa ett mögelskadat hus av den
så kallade idioten, därför gjorde vi en hämndplan.
Nu fick tyvärr Tobbe en psykos, och kunde inte genom-
föra den längre. Fru Watson är ju din fru, André och hon
tror mer på Spöken och väsen, än på logiska händelser
som du tror på, André.

När det gäller morsan, är Fru Watson och hon bästa vänner, och skyddar samhället med sina kunskaper om skumma saker, varje dag.

-När det gäller den så kallade "Idioten" eller husägaren, så vet jag inte mer om denna personen.

-Nej, men det vet jag, sa André. Någon har tydligen hämnats på honom, och satt han fasttejpad i silvertejp, och någon hade dragit ut varenda tand i käften med tång så hans käft var full med blod, utan tänder, och han hade lämnat landet plötsligt.

- Va? säger Eriks morsa, som hade hört samtalet mellan André och Erik.

- Jo, han hade tydligen lämnat landet i alla hast utan någon förvarning. Något du hört talas om, med tanke på att både du Tobbe planerat att hämnas? Sa André, med en blick som sa mer än tusen ord!

- Hm, sa Eriks morsa, och började se kraftigt oroad ut…

- Eriiiik vad har du nu gjort? Sa Morsan.

- Absolut inget! Du kan lita på mig…Det vet du ju!

- Hm, sa hans morsa. Näääää, det kan jag inte göra Erik, och nu har husägaren stuckit, och det utan tänder…Åhhh min son, nu har du förmodligen gjort felaktig saker, men kan tyvärr inte bevisa det.

Kan du bara berätta varför husägaren stuckit? När vi kommit fram till en lösning, så sticker han och påvisar stor rädsla.

- Erik, min lilla son. Är övertygad om att inte sanningen kommer fram nu. Att jag var tvungen att riva huset förstod du säkert, med alla mögelsorter det fanns, det var tråkigt, nu kommer försäkringsbolaget bygga ett nytt, och det är ju bra. Däremot kommer jag alltid fundera över vad som hände.

-Ja jag med morsan. Jag får väl flytta hem till dej, tills huset blivit klart, och slicka mina sår, efter det som inträffat.

Morsan hade en konstig intetsägande blick.

Den kommer alltid finnas i mina tankar Erik. Ha det nu bra, och ring mig snart, min son.

- Då kan jag berätta en sak för dej Erik...

- Ja, gör det André...

- Jo den där Eva, som var ihopa med Tobbe.

- Ja, vad är det med henne? Sa Erik.

- Den där Eva, sa André, arbetar för den vanliga polisen för att hålla koll på Tobbe, eftersom han hade ett ganska stökigt liv, så nu vet du det Erik.

Ja det var många tankar hos Erik, som nu mist sin vän för all framtid.

André hade sina tankar, på det han hade hittat, och undrade klart över Lismarens död. Var han död?.....Eller?

Svart Spiritus

Läs gärna kommande deckare av
Författaren Jesper Persson

Even in a english version
Black Spiritus

Kommer ut Juni 2020